斯文不坠
新时代大学生诗文选

崔海峰　金世玉◆主编

张永杰　肖珍珍等◆著

北方联合出版传媒（集团）股份有限公司

春风文艺出版社

·沈　阳·

图书在版编目（CIP）数据

斯文不坠：新时代大学生诗文选 /崔海峰，金世玉
主编；张永杰等著. — 沈阳：春风文艺出版社，
2019.11（2021.1重印）
ISBN 978-7-5313-5704-9

Ⅰ.①斯… Ⅱ.①崔… ②金… ③张… Ⅲ.①诗集—
中国—当代 ②散文集—中国—当代 Ⅳ.①I217.1

中国版本图书馆CIP数据核字(2019)第228209号

北方联合出版传媒（集团）股份有限公司
春风文艺出版社出版发行
http://www.chunfengwenyi.com
沈阳市和平区十一纬路25号　邮编：110003
永清县晔盛亚胶印有限公司印刷

责任编辑：刘　维　　　　　　责任校对：曾　璐
装帧设计：金石点点　　　　　幅面尺寸：170mm×240mm
字　　数：313千字　　　　　印　　张：16
版　　次：2019年11月第1版　印　　次：2021年1月第2次
书　　号：ISBN 978-7-5313-5704-9
定　　价：46.00元

版权专有　侵权必究　举报电话：024-23284393
如有质量问题，请拨打电话：024-23284384

目 录

上卷: 诗歌

第一章 蝶恋花

下卷：散文

第一章　怀物忆人

第二章　流年哲思

第三章　书香乐影

第四章 校园锦时

第五章 钟灵毓秀

第六章 追古叹今

上卷：诗歌

SHANGJUANG:SHIGE

蝶恋花

丙申年四月初八科比退役暨勇士创胜场纪录

张永杰

一代王者谢幕，
全新时代到来。
江山永固常新，
纵横英雄气概。

廿年光阴弹指，
篮球人生共在。
星河日夜璀璨，
世间真情不改。

（张永杰，辽宁大学文学院文艺学专业2014级博士。）

长相思·怀友

肖珍珍

相聚欢，别离苦，醉中相逢醒无驻，遥想他年逢。
去年海，今年听，人是孤独寂寞心，海亦忧郁情。

（肖珍珍，辽宁大学文学院中国现当代文学专业2017级博士生。）

浪淘沙令·海思

肖珍珍

轻烟波浪尽，举目穷望，狂澜咆哮新石至，归去无息旧时沙，无限往事。
怎奈日匆匆，无暇回顾，任思绪浮想纷飞，空把旧恨托新事，何寄浮生。

（肖珍珍，辽宁大学文学院现当代文学专业 2017 级博士生。）

长相思·风未消

李　海

丙申年正月廿九，沈阳雪。

风未消，雪未消，雪落纷纷柳絮飘。从来春寂寥。
山迢迢，水迢迢，莫道春光恋画桥。归期长路遥。

（李海，辽宁大学文学院文艺学专业 2015 级研究生。）

雪中寄怀

赵　荣

雪染盛京暮，灯摇烛影寒。
狂风追旅思，飘絮正无端。

（赵荣，辽宁大学文学院中国古代文学专业 2014 级研究生。）

咏 怀

李 海

九月十八日于沈阳参观九一八历史博物馆有怀。

秋雨淅淅黄叶落，钟鸣惨淡恸人心。
寒碑犹记当年事，回首沧桑泪满襟。

（李海，辽宁大学文学院文艺学专业2015级研究生。）

七 夕

李 海

银汉迢迢别恨长，鹊桥渺渺话心伤。
年年今夜佳期至，遥看天街夜色凉。

（李海，辽宁大学文学院文艺学专业2015级研究生。）

秋日即景

李 海

雨中黄蝶舞，风起白云飞。
日暮喧鸟尽，天边唯落晖。

（李海，辽宁大学文学院文艺学专业2015级研究生。）

浪淘沙令·记雨

马　赫

阁扃夜茫茫。
寒雨敲窗。
潇潇孰与话凄凉？
方寐隔檐惊复起，槐梦谁偿？

瓢饮莫相忘。
弱水千江。
潮帘湿瓦旧雕梁。
乱树清阶何所拟？
一片宫商。

（马赫，辽宁大学新闻与传播学院新闻专业 2014 级本科生。）

点绛唇·相见

刘　洁

莫负华年，东风过处群芳绽。与君初见，慢掩桃花面。
晏晏相谈，且任笙歌散。人不念，语低声颤，愿与花长伴。

（刘洁，辽宁大学文学院中国古代文学专业 2014 级研究生。）

若有女兮山之彼

秦辰杰

若有女兮山之彼，
束薜荔兮带芷萝。
含睇兮宜笑，
蛾眉兮信芳。
飘飘兮独舞斯上，
渺渺兮裙袂拂扬。
予慕子兮述窈窕，
折馨芳兮风往。
风有怜情兮慰我中思，
达夫爱慕兮次彼柔乡。
信步此方兮何彷徨，
寐与伊人兮比于水中央。
今兮何夕，
幸兮何极。
执子兮之手，
与子兮偕老。
今兮何夕，
失兮梦矣。
飘忽兮雨雪，
蹉跎兮华黄。
唯子兮曾往，
与欢兮久长。
捐忧思兮江中，
聊逍遥兮容与。
恸兮！
不度子兮何为，

竟嘔嘔兮而化羽。

中情所在兮旦暮成殇，

乏止离忧兮方生方亡。

桂木兮黯黯，

荪末兮惶惶。

蕙兰兮失色，

紫苏兮无香。

子顾绕兮方圆，

可感感兮心行？

独徘徊兮予鸳，

徒畅然兮予鸯。

此情愧待兮成追忆，

彼时时兮已惘然。

（秦辰杰，辽宁大学文学院汉语言文学专业 2013 级本科生。）

一剪梅·惜春

赵　荣

一抹春光满眼娇，桃花拂轩，柳絮垂迢。

鸟鸣蝶舞万花缭，蜂枕榴花，笑语盈桥。

涧水东流逐婉箫，纤指寻柔，俯影悁憔。

年华易老挽春艰，风卷流年，春恨难消。

（赵荣，辽宁大学文学院中国古代文学专业 2014 级研究生。）

卜算子·相逢

刘　洁

谁上木兰舟，谁采相思豆？菡萏花开香满袖，邂逅清江口。
何必柳梢头，何谓黄昏后？只愿明年再回顾，妾与花依旧。

（刘洁，辽宁大学文学院中国古代文学专业 2014 级研究生。）

长相思·相思

刘　洁

花盈盈，月盈盈。霜夜寒蛩径自鸣，蟾光满锦屏。
思不成，梦不成。绿鬓斜倾钗影横，卧听更漏声。

（刘洁，辽宁大学文学院中国古代文学专业 2014 级研究生。）

双调忆江南·相忆

刘　洁

芳筵畔，步步踏香尘。我赠郎君重瓣雪，郎君回我一枝春，同是恋花人。
从别后，终日不开门。自此深谙离恨苦，任他明月照啼痕，梦里尚含颦。

（刘洁，辽宁大学文学院中国古代文学专业 2014 级研究生。）

初夏雨后

陈 静

初夏细雨嬉戏流，暖风共舞欲乞留。
丁香含笑似点头，阵阵淡香漫园游。
银帘丝丝坠地涧，你抚我弹亲密间。
朵朵云盘风打散，忽而弦断曲戛然。
屋外倏尔红光闪，提鞋裹衣出门看。
如若不是鸟儿啼，尽已幻作仙境喜。
阳公伸臂展腰乐，天空条条光影瑟。
树儿新装精气足，花儿酒漩明媚抒。

（陈静，辽宁大学外国语学院英语语言文学专业 2015 级研究生。）

雨中漫游凤凰山

陈 静

细雨总是无情意，呼来唤去总不离。
千波万折到凤城，凤凰山下观奇圣。
云环雾绕绿满盈，银川奔流通九行。
高杉直奔斗丈首，雨刷泪滴衍心头。
左旋右转至城筹，水掠山头似角洲。
任凭夜袭神突显，吾辈追云幻作仙。

（陈静，辽宁大学外国语学院英语语言文学专业 2015 级研究生。）

致 绿 晖

陈 静

阴云满满心情重，不知时而太阳升。
事事匆忙着急累，惊叹信任仍然在。
一路直奔祖国缘，雨儿忽而来参言。
鸭绿江边遥望鲜，两岸一河竟隔天。
风携水汽扑面来，伞翻发穿喜笑态。
江边直拍晚樱聚，尤叹革命迎富裕。

（陈静，辽宁大学外国语学院英语语言文学专业 2015 级研究生。）

曙光顶远眺

陈 静

终日盼得骤雨归，锦江山上随风醉。
登高望江朝鲜在，隔岸犹唱祖国美。

（陈静，辽宁大学外国语学院英语语言文学专业 2015 级研究生。）

小径随想

陈　静

昂首常踏一隅处，蹙眉偶现绿缀驻。

择余勿路暗草吐，抚其恐惊翠柳舞。

依恋前日赏客喜，却叹今夕漫园戏。

唯慌春姑怨斥走，攥满拳头风中斗。

（陈静，辽宁大学外国语学院英语语言文学专业 2015 级研究生。）

第二章

细剪流年

无处安放

黄烈林

思绪闲荡秋千
记忆吸闷烟
躁动的沉闷撑破渴睡的茧
一张张地翻检
没有能对白的脸
最深彻的埋怨
来自浅淡眉间
心头反复碎碎念
枯手凭空慢慢捻
漫数伤痂葬夜晚
一队队地阅览
没有能安放的眼
最苍白的誓言
来自灵动的舌尖
守着空旷层层填
理着混乱痴痴剪
细品残梦祭流年
曾经我是你的主管
接管你的悲寒
故事里你做了城管
驱逐了在你的世界
习惯了吸食悲寒的小贩

（黄烈林，辽宁大学文学院汉语言文学专业2013级本科生。）

一碗蛋花汤（组诗）

宋丽丽

1

静悄悄的小村庄
妈妈坐在谷堆旁
我问
哪里去摘紫色的小葡萄
妈妈说
哪有紫色的小葡萄
只有甜甜的黄月亮

2

我想象
黄月亮上
有仙子、有仙树、有仙汤
我说
妈妈，我要喝蛋花汤

3

上边是天
下边是地
左边是小河
右边是大树
中间是我

妈妈在哪儿
妈妈在给我做蛋花汤

4

热腾腾、香喷喷
鸡蛋开出了花
在热水中调皮地翻滚
我轻轻抿了一口
瓷碗中映出妈妈温柔的笑脸
我看到妈妈长长的头发、细细的眉毛、黑黑的眼睛
原来你一直站在我身边
从未走开

5

甜甜的黄月亮
紫色的小葡萄
嘘
我不告诉你
我的妈妈会做蛋花汤

（宋丽丽，辽宁大学文学院文艺学专业2014级研究生。）

你说，可是

白雨婷

你说你交过一群嘻嘻哈哈、真心相待的朋友
可是大家各奔东西好多年没联系了
你说你曾是一名好好学习天天向上的学生
可是高考失利你只能去普通的大学
你说你有过一个和和睦睦的家庭
可是稍有成就时双亲却已经不在了
你说你谈过一场轰轰烈烈、羡煞旁人的恋爱
可是感情日益淡薄最后还是分手了

你说你曾想做一名作家，把自己一生的功名写下来载入史册
可是你平凡的一生并没有多么辉煌
你说你也想做影视红人，把自己的青春刻成影像保存下来
可是你并没有完美的身材、姣好的皮囊
你说你还可以叱咤商界，把自己的财富一点一滴累积起来
可是你并没有让李嘉诚嫉妒得去撞墙
你说你甚至想做慈善家，把自己的爱心献给山区的孩子们
可是草棚依旧湿冷，土窑依旧泛黄
你说你想成为一种人，一种生前带着光荣死后享着荣光的人
可是苍茫大地朗朗乾坤，你也只是芸芸众生中的一员

你说有朋友真好，开心与不开心都可以掏心掏肺地去诉说
你说有青春真好，漂亮与不漂亮都可以活得那么自我
你说有梦想真好，现实与不现实都可以用尽全力去拼搏
你说年轻真好
可是你已经不可能再年轻一次了

你说你明白，高铁速度还在提高，青藏铁路都能修好

科技发展，你当然不可能永远追随，可是你不寂寞，因为寂寞了就容易感伤

你说你明白，周润发都会发福，林青霞都会变老

美人迟暮，你当然不可能永远靓丽，可是你不感伤，因为感伤了就害怕了

你说你明白，头发总会向更白的颜色变去，骨头总会向更低的高度弯下去

时光易逝，你当然不可能永远健康，可是你不害怕，因为害怕了就后悔了

你说你明白，清瘦的身体总有一天会臃肿不堪

锐气总有一天会从这个破破烂烂的身体里泄露出去

可是你不后悔，因为后悔了就白活了

你说你都明白，明白得像眼里闪烁的水晶一样透亮

可是你不想哭，因为哭了，就输了

你说，这个世界上最刻骨铭心、最难以忘怀的

并不是一个多年的梦想忽然就成了真

而是这个梦想一路磕磕绊绊，好多次以为它能顽强地挺过来

你还为它加油鼓劲为自己叫好！你咬牙坚持，百折不挠，全力以赴

可是最后，它还是随着白驹消失不见了

再也不见了

你说，你什么都不想再说了

可是你的眼眶还是红了

（白雨婷，辽宁大学广播影视学院编导专业 2015 级本科生。）

旅　行

安忆萱

一地清冷的月光
摇碎了梦的安详
我徜徉在幽深寂寥的小巷
我听到风的呼喊
看到夜的荒凉
心中却依旧有
悠扬的歌声

不如
去旅行吧
一个人
在此刻就启程
伴着一地
碎了的月光

我喜欢江南
水的清透
心的明朗
这里
素妆黛瓦
桂子飘香
仿佛
有灵魂在
慢慢飞扬

乌镇的旅行中

忽然有了雨丝的飘落
碧色的绸带上
老船夫在轻轻摇晃

我喜欢江北
天的浩渺
叶的沧桑
这里
有黑色的古槐

伸出了手掌
自豪地诉说着
生命的遒劲与悲怆

我走到了冰城
惊叹于瞬间的宁静与晶莹
在这片纯白的空地上
不知不觉
我站到了中央

窗户未曾关上
无奈的风
它不忍
却唤醒了
游荡梦中的孩子

哦
这旅行
原来只是
梦一场

（安忆萱，辽宁大学文学院中国现当代文学专业 2014 级研究生。）

小 时 光

安忆萱

在北方
院里的槐树拼命地接近天空
一种重力却使命般牵引着它的根部
它在生命的两端被拉得很深
内心悬着命运的反力

在清晨
隔板上的香炉
被每日煮饭的蒸汽熏得光亮
每次醒来，两眼微眄时
它们迫不及待地冲向屋顶
享受着熟睡后的芳香

在冬天
黑青瓦片上的锋利的琉璃
隔成一片生命的禁区
偌大的雪花封冻了炊烟
凝结着长满胡须的下巴
伴着篱笆旁嘈杂的鸟鸣
在即将告别时没了影踪

而此时，我没了房屋
我依旧走在北方
柏油路上，不安地游荡

（安忆萱，辽宁大学文学院中国现当代文学专业 2014 级研究生。）

我把一座城，献给了你

杜坤遥

我把一座城，献给了你
在那座城中
思念的空气满溢
满到
没有一丝喘息的空隙
留给自己

我把一座城，献给了你
无论你在与不在
爱或者不爱
城中的每一座建筑
时刻提醒着，我
依旧渴望，你的身影

我把一座城，献给了你
城中雨，城中雪
浸湿我，想你的心情
春之城，秋之城
却怀念着
与你的曾经

你不是不在
这座城
而是化为城中万物
所以，不管我看到什么
都会想念

你，不是不在
这座城
而是把心藏起
所以，无论我如何靠近
都得不到回应

你，不是不在
这座城
只是你的心
偷偷住进了另一个人的心里
所以，尽管我的心波涛汹涌
你只当我
盲目泛舟

因为你在这座城，所以
我把这座城，献给了你
即使，我们都已离开
所遇无故，巨变沧桑
我，依旧不能
回去
因为，我把这座城
和青春
先给了你

（杜坤遥，辽宁大学文学院文艺学专业 2014 级研究生。）

没有新郎的婚礼

刘　洁

姣好的茉莉
妖娆了整个花季
却无法比拟你绝世的美丽
精致的瓷器
盛满了翡翠珠玑
却无法承载你轻轻的叹息

灵动的毛笔
点染烟柳几万里
仍旧摹绘不出你的那弧心迹
悠扬的竹笛
奏和百灵千声啼
仍旧舒缓不了你含泪的呼吸

水上的涟漪
撼动了小溪
檐下的雨滴
混杂了春泥

可是
谁能动摇你浓浓的相思
谁能模糊你火红的嫁衣
他是逃跑的新郎
你呢

（刘洁，辽宁大学文学院中国古代文学专业 2014 级研究生。）

我在季节里等你

刘　洁

当东城柳树尽日惹飞絮的时候
我在等你
等着与你邂逅
宁愿满城飞絮
以为你是因为飞絮不来

当南浦荷花香销翠叶残的时候
我在等你
等你一声将息
你错过了花期
我错过了你

当西苑枫树相对浴红衣的时候
我在等你
等着与你相逢
你的身影似枫树
我的容颜如霜叶之红

当北枝梅花凌寒独自开的时候
我在等你
等你一声珍重
满树的繁花落尽
你仍未来临

青春，朱夏，素秋，玄冬
我在季节里等你

柳絮，荷花，枫叶，梅蕊
我在花开花落间等你
沈阳和盛京的距离是简化字和线装书的距离
我与你呢

（刘洁，辽宁大学文学院中国古代文学专业 2014 级研究生。）

喜　欢

刘　洁

我喜欢早晨的风
携着露水，携着花香
无限温柔

我喜欢傍晚的云
偎着天空，偎着山头
浑不知愁

你的笑容是早晨的风
你的声音是傍晚的云
你是我喜欢的人

我讨厌夜半的雨
浇灭月光，浇灭渔火
拒人千里

我讨厌午后的雷
打破眠歌，打破鸟鸣
毫不留情

你的离去是夜半的雨
你的转身是午后的雷
你是我讨厌的人

最喜欢是你
最讨厌是你

每一个你，都比不过
另一个你

（刘洁，辽宁大学文学院中国古代文学专业 2014 级研究生。）

小屋物语

刘　洁

我有一个愿望
拥有一间小屋
窗明几净，满室生香
案上养一盆绿萝
滴水为盟，葳蕤生长
晴日里，邀一墙阳光
雨天里，携半窗风雨
在阳光下晒书煎茶
在月色中赏花听风
唤醒早晨的是鸟鸣
伴人入眠的是蛩声
将日子过成一首诗
将梦做成一阕词
不问前世，不求来生
一辈子厮守在小屋

若我有这间小屋
若你来到我的小屋

（刘洁，辽宁大学文学院中国古代文学专业 2014 级研究生。）

一半像山，一半似水

陈　洁

我不想说话
与人
与所有的人

我只愿与天堂里的太阳、月亮
和星星攀谈
在他们的眼睛里
以电的速度奔跑
以雷的音量发笑
像疾风一样
自由而狂傲

我喜欢说话
与人，每个人
老人，孩子；男人，女人

我想蹚进他们的心房
采集这尘世所有的秘密
酿一江香甜的蜜酒
举杯觥筹，不醉不休
让所有人都能安然入睡

我想驻守在他们的心田
用小小的手掌推翻一道道心墙
在断壁残垣之上开垦一片原野
把生生世世的忧愁，抛撒

用血泪灌养

在春天里发芽，生花

让所有人都能复燃希望

（陈洁，辽宁大学文学院中国现当代文学专业2015级研究生。）

第三章

倚楼淡看

五月三日听风雨杂感

黄烈林

雨说，曾经我游遍沧海
揽尽霜雪，未曾听闻风的跫音
雨说，曾经我踏遍桑田
历尽苍凉，未曾见过风的身影
雨说，曾经我路过忘川
看尽凄怨，未曾品过风的温暖
雨说，曾经我蹚过奈河
受尽苦楚，未曾有过风的关怀
风说，那年你未谙人世，你来，我早已越过沧海
风说，那年你初入红尘，你来，我早已跨过桑田
风说，那年你听信谣言，你进忘川
我已斩断前世
风说，那年你误信流言，你入奈河
我已遁入来世
风说，我用今世的缺席，来惩罚你
给你最铭心的遗憾，给你最刻骨的悲愤
给你最难圆的夙愿，给你最难解的宿命
人心不古，切记予己以保护
人心难测，切记予己以安稳
世事不堪，切记予己以通透
世事险恶，切记予己以澄明
天地交而万物生，星河转而万象更
且共岁月从容，且伴山河无恙
谱一曲余生安稳

（黄烈林，辽宁大学文学院汉语言文学专业 2013 级本科生。）

小丑说（组诗）

宋丽丽

小 丑

白天
我涂上灿烂的油彩
穿上华丽的服饰
我光鲜
夜晚
擦掉埋葬我悲伤狰狞面庞的油彩
脱下遮蔽我伤痕累累身体的服饰
我黯淡
我是一个小丑

繁华的时代

我扮成小丑
混进了这个马戏团
混进了这个繁华的时代
我喜欢待在阴暗的角落
默默看人们傻笑
我喜欢跳滑稽的舞
把我的双腿肆意支配
我喜欢捧起五颜六色的球
制造一个个奇幻的世界
现在
我喜欢这一切

我喜欢这个世界

牢 笼

第一天，我很开心
第二天，我很开心
第三天，我很开心
第几天，我也不知道是第几天
每天，我用相同的戏法
用同样的装扮
用同样的心情
用同样的一切
逗笑一群又一群的大人和孩子
其实，我早已厌倦了这样的生活
你们以为我开心
其实，你们不懂我的心

星 空

我想找回曾经陪我的那片星空
我想和以前一样听虫鸣、看星星
曾经的我，是多么愚蠢啊
因为一个梦
放弃了我的拥有
我不要再做小丑
不要再被虚假的华丽迷惑
我愿意重新开始
我想我会很适合
再给你一个拥抱
我爱的星空

（宋丽丽，辽宁大学文学院文艺学专业 2014 级研究生。）

北　雪

陈　洁

你在最南边
我在最北边
世界，还有两端
像极了缘分

似火骄阳
闪躲在东方的海面
高高吊挂的灯笼
忆起你送过的南瓜灯

亦如倦怠的余晖
散落在西边的高山
燃尽的金色烟火
想起你写下的诗篇
优雅地，飘飘洒洒

我世界里的片片雪花
坚硬又轻柔
纯洁而刚烈
仰慕月光，亦欣赏朝阳

（陈洁，辽宁大学文学院中国现当代文学专业 2015 级研究生。）

黑 天 鹅

陈 洁

你写的诗句
像一个个彩色的气球
而我没有勇气，攥进手心

浮沉的记忆
会厌倦我的身体
漂离，漂离

我哪里也不去
在坚硬的水泥地上
守望，守望

可是，我的脊背里
埋藏着一双羽翼
我不是天使，亦不是魔鬼

羽毛蔓延
一根根，新生
像染了墨的针形叶子

在明暗交织的围城中
如一个坚定的勇士
立在明亮的一隅，飞翔吧，飞翔

（陈洁，辽宁大学文学院中国现当代文学专业 2015 级研究生。）

世界与大地

张永杰

天空张牙舞爪地扑来
我们闭上眼尖叫着却无法躲避
粗野蛮横的大地上
生命繁衍生息

一个天才，傻子般地思考了几十年
把绵邈的星空
化成了心中的道德定律
虽然在变了质的一般等价物面前显得有点不堪一击

时间凉过滚烫的记忆
满是破铜烂铁的世界里
自由
正在光明正大地逃离

人
充满劳绩
却还是在大地之上
诗意地栖居

（张永杰，辽宁大学文学院文艺学专业 2014 级博士。）

天 堂 鸟

陈　洁

盛夏，你送我
一株紫色天堂鸟
初冬已经凋落

流浪也是开始
我寻找绿水青山
觅它轻盈的魂
蓝天白云间，摇曳

在青春最遥远的地方
不念过去
不畏忧伤

（陈洁，辽宁大学文学院中国现当代文学专业 2015 级研究生。）

远　方

陈　洁

我携带酝酿着的期许
藏在青黑色的铁箱里
被运载到远方，一个小小角落
旅途的心情澎湃
像涨潮时秋天的海，随着铁箱漂流

荡漾在天际的云彩
是我睡梦中的棉被
温暖而又轻柔，像恋人的怀抱

我喜欢远方
一个人，去流浪
在荒芜的边疆，终将回到老地方
继续，把心流浪
多想，像水中的鱼儿
跳跃在没有记忆的海洋

我喜欢远方
在荒芜的边疆，在如血的夕阳下
填满一道道，清晰的沟壑
终将回到老地方
继续，把心流浪
多想，像水中的鱼儿
跳跃在没有记忆的海洋

（陈洁，辽宁大学文学院中国现当代文学专业 2015 级研究生。）

第四章

银杏沙沙

冬夜无情

杜坤遥

我们的距离
如此之近，却很少寒暄
一起的时间
如此之长，却很难照面

你默默凝视
我的背影，我悄悄
观察你的俯仰

你翻阅过我的书籍
填写我的名字
我偷看过你纸杯上
潇洒的文字

如今
我在这里，凝视
你不在
我看不到自己的背影

分别
在这雪花纷飞的冬夜

（杜坤遥，辽宁大学文学院文艺学专业 2014 级研究生。）

蒲河森林的猎人

焦奕涵

作为一个住在蒲河森林的猎人
填饱肚子是很难的
虽然别人都羡慕这里的"姑娘"
可博文楼树枝上栖着的"姑娘"
个个都会飞

在夜晚——狩猎的季节
猎人们压低帽檐，匍匐向前
目不转睛地守在森林的出口
一摸
就因为身上没有猎枪
第九十九次心痛起来

蒲河森林里饥肠辘辘的猎人们
捕不到"姑娘"吃的时候
就去吃"姑娘"的故事

从树梢间投下来的
无法触碰的月光下
他们紧紧围着
曾经饱食"姑娘"的猎人
满嘴油渍的阿文
就像在冬夜围着一簇火

阿文张着嘴
声音从里面滑出来

森林深处，一条河流
月光河畔
一个明眸皓齿的"姑娘"
一个散发着香气的猎物

围坐的猎人们
就流着口水
赤手扑了上去

夜已深
肚子里那些不易消化的文字
却让他们疼得肝肠寸断

第二天夜里
蒲河森林外
只剩下阿文了

阿文曾有一把枪和一颗子弹
不久前献给了那个
明眸皓齿的"姑娘"
他的忧伤刺穿了"姑娘"的胸膛
"姑娘"被阿文伤了翅膀
在他怀里饲养了二十多天
那段时间
她没收了阿文的猎枪
终于养好了伤
她就轻盈地扑棱扑棱飞走了

现在
阿文望着博文楼
绿莹莹的一片森林的倒影在蒲河里摇曳
他像一颗失去光芒的星星

被悬在了森林之外

他经常会在饿的时候
回忆那次狩猎
森林很深
河流很浅
他的"姑娘"在树梢间快活地
飞来飞去

想完了
他就去吃别的"姑娘"的故事
也尝尝肝肠寸断的滋味

终于在他
第一百次守在森林外
因为没有猎枪而心痛的时刻
他顿悟
做蒲河森林的猎人
永远也吃不饱爱情的原因
上天
没有收走"姑娘"的翅膀
却收走他们的子弹和猎枪

（焦奕涵，辽宁大学外国语学院日语专业 2014 级本科生。）

手机手机，你怎么变成了哑巴（组诗）

郝 奕

1

你的手掌如泥
包裹着我的身体
在你之上开出一朵花
花中跳出一条锦鲤

这世界的魔幻主义
不断吞噬脚下的土地
你依旧包裹着我的身体
锦鲤吐出一粒玉米

2

就算过了很多年，单纯成了贬义词
我也还是像个长不大的孩子
伸手捉月亮，晒会儿太阳就翻面
似乎什么都喜欢
偶尔从心底生起一种热爱
揉进眼眶
哭不出来

3

公交车上一个年纪很大的爷爷笨拙地接起电话

开口叫了"妈"
食堂里一个独自吃早饭的男生准备离开时
用筷子仔细地将桌上的蛋壳拨到餐盘里带走倒掉

清晨独自逛到无人的街角
拍照
画面里是有露珠的小草

迎着阳光上班的路旁有成群的麻雀
拥挤着取暖
桃子晨跑累了去吃饭
转角恰巧遇到张先生
愣得站住了

4

天在将黑未黑时最美
入夜即是淹没
被大雨困住
被大雨洗过

5

想要初秋的雨
整个人缩在放了一个夏天吸饱了阳光的厚衣服里
微凉又温暖
感觉自己小小的
好像可以在沾满水珠的草地上滚到一株太阳花旁
陪着

6

我有一壶酒
不想喂风尘
可是桃花不吃，流水不饿
慈恩寺不肯要

只好扬了，点燃
娘子你看，是烟花吧
别再哭了

7

你说蚂蚁爬得无聊了会想什么
会不会想要进入橘子表皮的坑洼里
品尝那种酸涩辣眼的水汽

你说人如此频繁地更迭渴望
一时有一时的政治
那么如何评判最爱

你说猕猴桃没有核
是不是就不会心动

你说哪有那么多深情不负
淤泥也会跟浪走

（郝奕，辽宁大学文学院文艺学专业 2014 级研究生。）

学生公寓

毕聪正

夜色笼罩了学生公寓
锈迹斑斑的座钟正试图拆卸自己
在走廊尽头的那堵黑暗里
我听见思绪
撞在墙上，传回清脆的声音

那些挤进电脑里的世界
正滴着水，百无聊赖
如同晾衣绳上木然的衣物

声音，从无数个音响涌出
浑浊而黏稠。沿着水管
慢慢滑向一楼，堆积

石头房子上长满深色苔藓
然而学生公寓却仍在沉睡
吐着微光，消化那些
形貌各异的灵魂；那些
牵着木偶的细线；那些
挂在时针上的
棱角分明的肉体

一切，却也消化着我，一段
丢失在水泥地上的铅笔
在这人连通着人的迷宫里
窗外的山风摩擦着我的头皮

把我同此起彼伏的呼吸
缠绕在一起的，是月光那
逡巡在纱窗上的脚趾

我把自己塞进写了一半的诗句
就像隔壁那哥们儿
把自己塞进漂着公式的茶杯里

夜色沿窗帘流淌
我漫无目的地漂着
偶尔看到自己的碎片
像落叶般剥离

落下。洒向神秘的坑道，洒向
一边沉睡一边思考的地下水

漂浮。直到黎明砸向大地，直到
老座钟的玻璃把阳光译成谜语，直到
学生公寓摇摇晃晃地站起
从头顶垂下油腻的晨辉

但此刻，万物都还从属于黑夜
装着梦与秘密的大箱子，漂在
无声息的沉闷水域

点点星光不知从何处落下
轻轻拨弄学生们凌乱的梦呓

（毕聪正，辽宁大学文学院文艺学专业 2014 级研究生。）

致金兰（组诗）

刘 洁

> 二人同心，其利断金；同心之言，其臭如兰。
>
> ——《易》

一、初中篇

致 玉 儿

十五岁那年的相逢
如花的年纪，灿烂的笑容
同样名字的两个人
同样洁白的两颗心
只爱聆听焦尾的琴音
花开时，高山有梦
花落时，流水无声

致 硕

在那桃花盛开的季节
芳草鲜美，落英缤纷
你有一双会说话的眼睛
供我看穿你的心声
十五岁花季少女的面容
恰如桃花，笑在花丛中

致 月 姣

你是江边的渔火
融化我千年的冰冷
我是极地的寒冰
定格你瞬间的热情
当生活阻我以迷雾
是你，为我揭开，另一个世界的幕布
星星在月亮耳边低语
你是我的花朵

二、高中篇

致 小 朱

从不怀疑，你的友谊
从不担心，你的转身
因为常春藤就是常春藤
木槿花下的那个娟秀女子
是我一生也咏不完的诗
是我一世也吟不尽的词

致 小 石

十六岁那年的上元夜
没有烟花，没有灯笼
笔尖摹绘出芙蓉
朵朵似你含笑的面容
原来，我的红豆已采撷
在十六岁那年的上元节

致 汪 可

你最爱月光下的蔷薇
带刺的花，依然娇嫩
我最爱阳台上的茉莉
谐音莫离，不离不弃
仿佛旧日时光重回
仿佛记忆不再沉睡
在这清朗如昨的月夜
你将往昔和我轻拥入怀
还有那不曾凋谢的茉莉与蔷薇

致 佩 芳

满天星光灿烂
身侧的女孩笑语呢喃
十六岁的你，十七岁的我
最喜欢天台上看星星
最喜欢星光下你的眼睛
那样的夜晚
那样的眼神
那样的人
难寻

致 猴 子

你从晨光熹微处走来
莹莹的眸子，盈盈地闪烁
清新如诗，明媚如画
蒲公英盛开在脚下
携你入诗，携我入画

致 云

青春，朱夏，素秋，玄冬
注定在季节里相逢
你爱那凛凛的寒风
我爱你暖暖的笑容
你爱，在云山之巅
爱你，在日落之前

致 彦

在那个叫高原的地方
有位精灵耳、娃娃脸的姑娘
蓝天白云，草木成群
牛羊踏月而归
当你爱上一座城市
我爱上了你

致 慧

十七八岁的年纪
同桌的我和你
那样无瑕的慧心
那般难得的知音
朝夕相伴，笔墨相亲
在合欢花吐蕊的早晨
在夹竹桃凝露的黄昏

致 玲 玲

许是在梦里
许是在夏季

我看见百灵鸟的羽翼
我听见百灵鸟的鸣啼
一对对，一声声
铁塔入云，荷香袭人
在或深或浅的梦里
在时远时近的夏季

致 慧 慧

每一阵风来，每一季花开
二十四番花信风
二十四场等待
正如一年一度的破壳日
你我披衣夜话
相识七年，相知七载
此前无双，此后难再
不论花何时败落
不论梦何时醒来

致 张 洁

第一个点亮黑夜
你是西天的长庚
最后一个告别黎明
我是东天的启明
一个是夜行人的眼睛
一个是晨练者的笑容
同样的一颗星
照射在不同的天空

致 蝈

微笑的时候，流泪的时候
总会第一时间想起你
当清晨的第一缕风吹过
两颗裸露的心，相对应答
在花谢的瞬间
在花开的刹那

致 肠

你已经南下，我即将北上
两颗相知的心
放诸天涯的两旁
日子就像拉手风琴
你在时，那么短
你不在时，那么长
亲爱的姑娘啊
我在家乡，思君如常

致 影 子

你是含苞待放的素馨
是精灵坠落在凡尘
你是风，是影，是虹霓
你是一朵雨做的云
投你以四叶草的绚烂
报我以琼花的浪漫
花叶在秋风中飘落
而你，从不曾被时光湮没

致 大 曹

不要问我
世上最绚烂的
是霞，还是烟火
在两个女孩并肩而坐
鼓起腮吹刘海的那刻
我看见，绚烂的霞，灿若烟火
我看见，你嘴角的笑窝

致 kk

一个微笑绽在你的脸颊
唤醒了满山的红杜鹃
摇响了整湖的白月光
山花欲燃，月色撩人
一痕浅笑里
掩着怎样的盛世风华

致小李得

你绯色的脸颊
映红了牡丹花
你亲和的笑容
倾倒了洛阳城
国色牡丹花，天香洛阳城
偌大的牡丹花城
只为见证，你我重逢

致 青 蛙

也许缘于传递，也许归于奇迹

说不清当初如何遇见你
就这样相识相知
我是你心中的小王子
你是我梦里的玫瑰花
愈是纯粹，愈是无瑕

致 旦 旦

在那个明媚的春天里
邂逅春天一样明媚的你
你肆无忌惮的笑声
久久回荡在我的心中
愿有一朵格桑花
始终伴你走遍海角天涯

致 豆 豆

雨过之后是晴空
黑夜之后是黎明
夕阳西下，人影散乱
当落日熔金
当人群散尽
只有你的笑容依然灿烂
只有你的笑声依旧动听

致 阿 杜

在那个蝉声四起的夏季
南风吹来荷香
亭亭玉立，香远益清
淡淡的荷香，浅浅的笑容
越过清波，越过蝉鸣

三、大学篇

致 能

像邂逅一树白玉兰
我邂逅了你
风细细吟
你，白衣胜雪
我，素裙如洗
一世纯白里
还有一个纯白的你

致 倜

最亮的星辰，是你的眼睛
最美的月色，是你的身影
最暖的日光，是你的笑容
星月无声，日光倾城
我拥有整片天空
只因与你相逢

致 闪

临榻而眠的你
笑容闪闪发亮
嫣然如花，似弱柳扶风
每一个有月亮的夜晚
我在月下浅斟
每一个花开的早晨
你在花前低吟

致 凤

最是那含笑低语的脸庞
恰似水莲花开满心房
凤凰于飞，梧桐是依
漫天匝地的春光里
唯见你在水之湄

致付姐姐

谁能拒绝你宛如天籁的歌喉
谁能抚平你微微皱起的眉头
风风火火的背后
姑娘啊，你有
似水一样的温柔

致老大倩

一如深谷里的兰花
默默扎根，默默发芽
所有的柔弱与坚强
只为一人绽放
为他结果，为他开花
带给我忘忧草的清香
你如一株兰花般成长

致 晓 宇

初见你的时候
你人在桃树下
将桃核细细打磨
每一颗桃核都是星星

每一颗星星都是你的眼睛

微微一笑的刹那

倾倒了无数桃花

（刘洁，辽宁大学文学院中国古代文学专业 2014 级研究生。）

下卷：散文

XIAJUAN:SANWEN

第一章

怀物忆人

半生遇见，半生想念

尹晨钰

好久没见你，时光偷走我的回忆，把思念藏在沙堆里，把唇边的皱纹抹去，用整个人生为你唱一支歌谣，在秋风的恋曲里洒满地，絮语化在你的衣襟，你种出一亩亩太阳，把我的生活照亮在薄雾迷蒙的清晨里。我甚至不知道该以什么方式写下心里难以安放的情绪，不知道用什么辞藻来描述你。你的人生于这世界而言大概只是一段旅程，却在我的心里不知不觉地凝成了悲伤，随着深冬的风，吹痛了我年少岁月里干涸已久的眼眶。

我大概是什么时候开始记得你的呢？是在我总看不到爸爸妈妈而一遍遍问你的时候，还是在你牵着我的小手走遍老房子附近的每个菜市场的时候呢？是在你教我写下自己名字的时候，还是在你凶神恶煞般教训做错事的我却又偷偷难过的时候呢？你的眉眼装满了我的日子，我又怎么可能忘记你在我记忆里的每一个细节。

我们刚开始一起生活的时候，你五十六岁，我一岁多。你有一对儿女，一对孙女，生活本该幸福安详，但大概上天总是妒忌你这样的人吧，那几年里，你携手走过了半辈子的人溘然长逝，儿女双双陷入家庭纠纷打起官司，奸猾的亲戚乘虚而入试图抢夺家产，甚至现在我也不敢想象你是如何处理好一切事情的，我只记得自己独自瑟缩在被子里看着你像一个英雄一样赶走上门讨说法的外人，对着那时懦弱而只知酗酒后抱着我哭泣的父亲劈头盖脸地痛骂，在法庭上据理力争，硬是把尚在哺乳期的我抢回来自己抚养，带着稚嫩的我去找已经离开的母亲要生活费，把故人的照片藏进衣柜，从不在外人面前流露自己任何情绪。可是你从来没让这些事沾染过我的童年，你把自己曾经所学到的知识都一点点教给我，教我写字、背诗、做算术题，也会和父亲一起带着我出去玩。我有漂亮的小裙子可以穿，也有机会吃各种各样的零食，你甚至让我觉得小孩子本就可以不和父母生活在一起。

后来，你六十多岁了，我也终于在你的殷殷目光里走进校园，小学、初中、高中一路读下来，你陪我从童年走到少年，再从少年走到青年，你见证了我小学认真学习的光荣成绩，也为我在初中时做出的种种过分行为暴跳如雷，你陪我熬过了高中时无数个幡然悔悟、挑灯夜战的日子，也亲手接过鲜红的大学录取通知书。我记得你在我考第一名时给我开家长会的骄傲，也记得我将要被处分批评时你在校长面前的泪水滂沱。你把人生的后半部分都寄托在我身上，也用自己独特的方式填满了我年少的岁月。

现在，你年逾古稀，逢人便夸自己的孙女有多么争气、多么优秀，每个来家里做客的人都夸你身体硬朗，可你自己一个人奔波了一生啊，从十六岁开始工作，经历了人间冷暖，退休后短短的时间里搬了三次家，上过签了生死状的手术台，而今我离你几百公里远，每次离开你至少就是半年的光景。我害怕离开，每一次离开都害怕再也见不到你，我脑海里经常会浮现你自己一个人坐在空荡荡的家里慢慢做一些事情，戴上老花镜看看日历想着我什么时候能回家，盘算着做一顿丰盛的午餐。你的影子被夕阳拉得很长，参差不齐地落在家具上，时常从柜子里翻出旧照片摩挲，翻来覆去地看，你走得很慢，像是踏着光阴前进。你也会给我打很长时间的电话，絮絮叨叨地讲很多小事，问我有没有喜欢的男生，总爱听我讲学校里的事情，末了，往往叮嘱我一些不知说过多少遍的道理。我知道，你是真的老了，不再是那个我儿时记忆中无往不胜、无所不能的大英雄了。

你今年七十二岁，本命年，爷爷在你五十多岁的时候离开，留下你一个人操持着不断坍塌的家庭。今年我十八岁了，从儿时看不惯你霸道蛮横的性格到如今独在异乡撕心裂肺地想你，所有人都以为你这一生过得风生水起，可是我知道你一个人走了太多艰难的路，谢谢你带来的最温柔的风，让我觉得人生里长久的阴天以及灰尘的味道都有了崭新的意义。你养了我十八年，奶奶，以后换我来照顾你吧，我相信终有一日，花会重开，春天再次到来。

（尹晨钰，辽宁大学文学院汉语言文学专业 2016 级本科生。）

等 风 归

胡晨愉

我还是在等风，已经分不清是开心还是忧愁，可我想，大概是笑着的吧。

那个拿着一罐可乐奋笔疾书的少年，一小时做完一整套数学试卷的少年，在凌晨五点路灯下看书等风来的少年。似乎从未从我的记忆里离去。

鸟飞过的地方，有风；云飘过的地方，有风。我想，你停留的地方，大概也是有风的吧。

在尼泊尔高空滑翔的时候，你说当置身云雾和山湖之间，会发现那些刻意、烦恼、失落，都会化成小事。我想，那便是等风来一样的心境吧。风往往不慌不忙，带着你向高空飞去，那一刻，你定是将所有不安与拥堵都从这纷扰的世间抹去了吧。

假期后回到北京，你说北京晚上的天气转凉，停下来感受是有风的。而我在沈阳的校园里，望着灯光下摇晃的树影，感受不到你说的北京的风。但我还是一如既往地等着，等着北京的风穿过河北，带着你的气息来到我身边。最初兴致勃勃地寻觅、追赶，好像被时间冲淡了些，或许是渐渐明白，那风，是我寻不到也抓不住的吧。

可是，我从没放弃过等待，与其说是等风，不如说是等你。

时间的大风呼啸而过，微风夹着细雨，狂风携着哭泣，每一场风，都不同。可这些年来，你还是那个喜欢《小王子》的少年，还是那个会把火烈鸟当成红色天鹅的少年，还是那个站在北京街头等风的少年。

秋去春又来，四季循环往复。春天窗外的风都是暖暖的，带着温柔与清闲。不知不觉唤起蒙眬的睡意，又不知不觉将人唤醒。

春风十里，不问归期，我走不出百步，却步步想你。

这一次，便是狠下心吧。我把风当成信笺，写一封信寄给你，我不知道那风是否会迷失方向，会在北京的街头寻不到你的脚印，会在川流不息的人潮中认不清你的眼睛。可我相信，那风，终有一天给我答案，带着我期待的，紧张或是抗拒的，回到我的身边。

风就这么跑着，跑着，与我擦肩而过，却未与我并肩而立。

我好像是在等风，也好像是在等你。

（胡晨愉，辽宁大学文学院汉语言文学专业 2016 级本科生。）

同样的春季，别样的心绪

康香莹

"去年元夜时，花市灯如昼。月上柳梢头，人约黄昏后。今年元夜时，月与灯依旧。不见去年人，泪湿春衫袖。"稚嫩的童音一遍遍朗诵着这首诗，窗外，枯枝渐生新绿，又是一年春天。

每年的春天似乎都相同，又仿佛都不同。春日暖晴，燕子归来，这些融融春景每年都会看到，然而，昔日陪伴在身边一起赏花赏景的人，却在一年年春日到来时，长大了、变老了、不见了。

你知道物是人非的心情吗？我想，人间历历数十年，我们都有过那种处于同样的风景下，不见去年人的怅惘。

十年前的春天，我同表姐一起钻入一片桃花林，想折一枝繁盛的桃花插入瓶里。那片桃花很美，仿佛粉色的云海，两个小姑娘在林中嬉笑奔跑，染了一身桃花的香气。

十年后的今天，同样是春日盛景，昔日的玩伴却早已嫁为人妇，作为人母。我在离她遥远的千里之外，两人都各自有了新的牵挂。那片桃花林，再也没有回去过，再也没有人对我说："妹妹，我们去看桃花开了没有，好不好？"

漫漫人生，总有人会离开，总有人会到来。生命总是开始于春天，一遍遍循环。

六年前的春天，我抱着满月不久的妹妹出了房门，阳光和风都很温柔。春风拂面，襁褓中的婴儿眯着眼，脸上现出一丝笑意。阳光下，她脸上的绒毛泛起金色的光泽，让人觉得，自己好像抱着天使。

六年后，春意融融的广场，梳着马尾辫的小女孩拿一根纤细的竹竿蘸了水，在地上一笔一画地写下自己的名字。轻柔的春风吻着她耳边的碎发，逗得她咯咯直笑。我在远处，看着越来越活泼灵巧的妹妹，忽然想到一句话：吾家有女初长成。

春天是一年的开始，在新的开始之际，我们总会发现，去年春天的人，有的走了，有的变了。听到妹妹背诗的稚嫩童声，我不禁想，《生查子·元夕》一词是在一种什么样的心情下写出的呢？相传该词的作者，一为欧阳修，一为朱淑真。我更愿意相信作者是后者。因为，这样凄婉的词，该配上一位多愁善感的女子才合适。朱淑真一生不幸，被包办婚姻，未能遇上情投意合的良人，在理学盛行的年代受尽诟骂，生不逢时。所以才有可能在那样欢喜的春日，于人潮涌动中苦苦寻觅，寻觅不到，红泪偷垂。

其实，春天里有的，不过三样：美景、回忆、眼前人。纵然每年景致相同，但每年的回忆都在增加。纵然陪同看景的人会变，但总会有人陪在我们身边。所以，还怕什么，怨什么呢？一年年的春天，新的花开里载着新的回忆，一切都会很好。

你看，春天来了，带上你牵挂的人，去吧，好好赏一次春日风光。

（康香莹，辽宁大学文学院汉语言文学专业 2015 级本科生。）

爷爷说家风

赵一颖

> 爷爷眼中的家风，从来不需要高谈阔论，它是魂，是灵，悄无声息地融入骨血，融入生命。
>
> ——题记

我的老家，那里阡陌纵横，鸡犬相闻，乡里乡亲怡然自乐，好比陶渊明笔下的桃花源，山峦环绕，清溪潺潺，宁静又安详。

爷爷说，我们的祖辈在那钟灵毓秀的小天地里繁衍生息，家族血脉在那里代代延续。日出而作，日落而息，多少年周而复始，而今，黄土地上祖辈们弯腰劳作的背影已然远去，勤俭持家、谦恭有礼的家族文化却长流不息。

"现在的城里人，不管这叫家族文化，改称家风了。"两年前的夏末，爷爷无意间说出的话竟让我愣了半晌。那时候爷爷刚刚进城，对一切事物都很陌生，空气中弥漫着的钢筋混凝土的冰冷气息曾一度使他反感。爷爷总是目光游离，凝望远方——我知道，那是我们的老家，爷爷时刻想着念着的地方，那个他曾言传身教，教导后辈勤俭持家、谦恭有礼的地方。

很小很小的时候，我常常在春夏之交回到老家。恰是收麦时节，很是忙碌。爷爷总是最先到达，直直地站在湿湿凉凉的田埂边，意气风发地"调兵遣将"，有条不紊地分配着割麦、装筐、运麦的工作。待一切准备就绪，爷爷便习惯性地挽起衣袖，自顾自地走向麦地卖力地拾掇着。

从来没有人能阻挡爷爷下田做活的脚步。爷爷是一个地地道道的农民，20世纪70年代在乡下教书，懂些文化，尤其喜欢读唐诗。记忆中，爷爷常常拉着我柔嫩的小手和声细语地说："乖孙啊，古人都说：'镜破不改光，兰死不改香。'先辈们传下来的勤劳之风可不能忘！爷爷健朗着呢，还能下田，那就不能不劳而获！"我呆愣着，没怎么听懂，便什么也没说。爷爷只是慈爱地看着我，眼神有些深邃，满含着期待。

那一年，我七岁，爷爷送我的新年礼物除了领惯的红包和满口袋的水果糖外，还有那句语重心长的话——"大了，就该学些什么了。"

自那以后，每年回家，我便再不能剥着橘子，稳坐一旁，眼瞅着不大的堂屋里那些忙碌的身影了。爷爷总会布置些力所能及的家务活，简单地示范后便扬长而去。我慢慢地学，丝毫不敢懈怠。爷爷回来了，我却很是忐忑，坐立不安，胡乱揣度。爷爷只是轻抚我的小脸，说道："孩子，多做做家务，可别偷懒。我们要学先辈，争做勤劳的人啊。"

那时候，我还很小，记忆也有些模糊，但爷爷的话，却深埋心底，至今不敢遗忘。

再大一些，记忆便不再杂乱，清晰了许多。

春天的桃李树下，哥哥与我耷拉着脑袋，垂头丧气地誊抄"勤俭持家，谦恭有礼"的字样，爷爷面带怒色地站在一旁，右手手心紧握着不知从何处捡来的榆树条，不厌其烦地教育我们："没有下一次！皮得跟猴儿似的，还学会和邻家小孩儿打架了！前两天还拿着花生米玩射击，平时便告诉你们……"

那时候，堂前屋后，花香四溢，燕子在梁间呢喃，春天依旧温暖，爷爷却一改往日的慈爱温和，满脸都是认真与严肃。

光阴流淌，在回忆的流沙里，我还记得爷爷粗糙的手背，老松树皮般裂开一道道小口；我还记得爷爷手心里磨出的厚厚老茧；我甚至记得，当年那双颤巍巍的手触到脸庞时，我内心的茫然与悸动。

时光老去，我似乎渐渐懂得当年那个眼神以及那浓浓的期待。我想，那是一种发自肺腑的渴望，渴望家风悄无声息地融进家族血脉。

爷爷说："学学先辈，从小就要节俭。一粥一饭当思来之不易，半丝半缕，恒念物力维艰。"

爷爷说："我们虽不算名门望族、书香门第，但也应让谦恭有礼、不卑不亢的家风代代相传。"

爷爷说："不严不成器，要学纪晓岚'四戒''四宜'的家训。"

爷爷总说着勤俭持家、谦恭有礼，说着他所尊崇的家族文化，城里人眼中的家风。

长大后的我，一直在期待某年某月某日，我会成为另一个你，对着小小的他们，言传身教，让这勤俭持家、谦恭有礼的家风，凝聚为家魂，代代传承！

（赵一颖，辽宁大学文学院汉语言文学专业 2015 级本科生。）

远望，当归

张　婷

您走了，静静地，毫无征兆，您就这样不留一丝痕迹地走了！我来时，您未在；您走时，我亦未在。我们，就是这样错过了吧！

暑假时，您已病重，我虽早已有了准备，但当您真的走了的时候，我的心，还是这么痛。未曾想到，离家前的那一次见面，竟成了永别。

他们说，您走了，就不会再痛了，我信了。我知道，您从未远去，您只是去了一个很美、很美的地方。在那个地方，没有痛苦，没有煎熬，那儿，就是一片乐土。可我真的舍不得。

您就这么不想让我伤怀吗？这几日，竟一次也未走进我的梦里。我多想，在梦里，再看看您的脸，再牵牵您的手，再听您亲昵地叫我一回……可您，连这样的请求也不肯满足我。

您走的前一晚，和父亲通电话，提及您，父亲说，您还是老样子，不好也不坏。让我未曾料到的是，第二天，上午 10 时 17 分，姐告诉我："爷爷走了。"我不敢相信，颤抖着给父亲打电话，电话那边，传来父亲沉痛的声音，我才知道，您真的走了。我瘫坐在地上，想哭，却发现自己连哭的力气也已经没有了。

回到家中，轻轻打开虚掩着的门，走进那个我再熟悉不过的房间，坐在床边，缓缓抚摸着您最爱的那把摇椅，回想着我们的点点滴滴。曾经的你，就静静地躺在那把椅子上，闭着眼睛，慢慢摇晃着，有时还会传来细微的鼾声。夕阳打在您的脸庞上，您是那么慈祥，那么惬意。而这把椅子，也承载着我们太多的欢乐。还记得那时，您就在这把椅子上，给我讲故事，陪我嬉戏、玩耍……我还常常在您闭目养神之时，忽然蹿到您面前，打破这宁静，而您，总是在看到是我之后，便用您那满是老茧又十分温厚的大手，将我揽在怀里，抚摸着我的脸。大多数时候，我会被您粗糙的手刺痛，所以，我都会跑开，而您不恼，也不去追我，只是含着笑看着我远去的背影。

我起身，躺在摇椅上，学着您的样子，闭上眼睛，缓缓摇动，从摇椅上感受到了您未曾散去的气息与温情。这屋里的陈设一切如旧，一丝一毫也未曾改变，甚至还留有您那浓郁的烟草味道。我也置身于此，而您，却不在此，您静静地躺在那里，那么安详，就像曾经在摇椅上一般，一动也不动，让我以为，您只是睡着了，可是，为什么我却唤不醒您呢？

这几日，我的耳边，时常回响着您曾唱给我的那首古老的歌谣，还有那个不知被您重复了多少遍的脑筋急转弯。我的眼前，时常浮现您在我生病时那焦急的目光，您在我许久归家后，那不胜欢喜的脸庞……回想起您为我做的种种，而我，似乎一直没能为您做些什么，甚至，未来得及赶回去见您最后一面，让您抱憾地走。是您走得太匆匆吗？我想，大概是我没好好关心您吧！或许，人都是如此的吧，等到失去之后才懂得珍惜，等明白的时候，却为时已晚。人们都说："树欲静而风不止，子欲养而亲不待。"大抵便是如此吧！

今天，又下起了蒙蒙细雨，是您回来看我了吗？又或许，只是我的臆想罢了。

若是可以，我多想再见您一面，哪怕只是在梦中，哪怕那只是不真切的虚幻的泡影，可即便如此，我还是幻想着。唯愿今夜与您相逢！

（张婷，辽宁大学文学院汉语言文学专业 2015 级本科生。）

画个圈圈诅咒你

杨慧芝

那天看见老铁的个性签名改成了"画个圈圈诅咒你，做我一辈子的灰太狼"，记忆在瞬间忽然都涌了上来，像泡沫，但它又有着和泡沫不一样的故事。

"画个圈圈诅咒你"这句话是谁第一个告诉了我，而我又在不经意间把这句话说给了谁听。你说那是《喜羊羊与灰太狼》里面的话，于是我说我也要看，我要看动画片，看那些能带我回归童趣的动画片；看那些好人总能有好报，坏人从来不会得逞的动画片；看那些最后结局一定是大家幸福地生活在一起的动画片；看那些总是把生活的知识在快乐中传递的动画片。我在想，我要看的不止这些，我还要看那些我看过的，没看过的，许诺的，未说出的……看灰太狼一边消失一边大叫："我一定会回来的。"看灰太狼总会说："老婆，我又失败了。"然后一个平底锅就迎接了他的到来。看懒羊羊总是懒懒的，喜欢说："我困了。"看慢羊羊每次慢吞吞的，一直说："你们等等我……"

我还想起了《飞屋环游记》里面有个长着长长的大鼻子的小孩，在那里他们都有着大大的鼻子，方方正正的脸，矮小但是强壮的身体，有敢于探险的精神，总是喜欢说："Adventure is out there！"就算他们的名字在我看过两遍以后还是一个也没记住，但是，我知道，那是你推荐我看的，我在想，就算我忘了许多事，但是有关他们的故事，他们的感动，我的回忆，我的怀念，却是那么清晰地保留了下来。不管多久以后，我都会记得，记得曾经的关于它的一个小插曲。

也许我们过去是好朋友，也许我们现在只算是朋友，但是有朋友的日子，会被认真地记忆。因为是朋友，所以我也要画个圈圈诅咒你，诅咒你拥有用不完的幸福和快乐。

（杨慧芝，辽宁大学文学院汉语言文学专业 2013 级研究生。）

亲爱的，你们怎么不在我身边

姜菲菲

从来没想过，再不能和你们手牵手在校园里闲逛，笑得人仰马翻，毫无形象；再不能和你们一起拉横排，理直气壮地把马路占满；再不能和你们一起气势汹汹、同心协力地和某个宿舍的某些人火拼一场；再不能和你们一起因经常扰乱课堂秩序而被频频请进办公室……

站在这个没有你们的校园，忽然很怀念那段有你们相伴的岁月，那样琐碎而甜蜜、轻松而惬意。那时，在你们面前，我可以做最真实的自己，高兴时放声大笑，难过时想哭就哭，生病时可以赖在床上，心安理得地接受你们的好，吃你们打来的饭，看你们争着给我洗衣服的场景，心里乐开了花，却固执地不说一句谢谢。因为在我的逻辑里，好朋友之间无须这两个字，那样反而会显得生疏。所以我一直心安理得地接受你们所有的好，生活在你们用关心与爱护筑起的城堡中，什么都不想，只傻傻地幸福着。那时，我总天真地以为，可以一直这样，有你们陪伴，不用长大。可现在，才发觉那只是一个美好的愿望，可望而不可即。一直习惯了依赖你们，所以现在在只有我一个人的时候，忽然有点无所适从，不知道该怎样面对一切。

知道吗，心里那个好朋友的位置，只能留给你们，那些悠长的感叹和温暖的小玩笑，也只习惯说给你们听。因为我们有着心灵相通的默契，我一皱眉，一点头你们就会懂。我所有的情绪和心思，在你们面前都无所遁形，我不必小心翼翼，因为你们会包容我的任性，理解我的倔强，你们会懂我的有口无心，我的弦外之音。我总是在想：要是你们在我身边该多好啊！那样我就不用把自己锁在思念的空城里，抱着回忆不放了。真的感谢你们一直以来的关心和爱护，感谢你们给我的这份千金不换的友谊。无论怎样，我都明白：没有谁有义务对你好。所以我真的很感激你们。真的，遇见你们，是我今生最大的满足。交友如你们，我一生何求！

一直都不是矫情的人，但这一刻，我想以此文表露心声。同时，也想对远方的你们说：我最好的朋友们，无论距离远近，联系多少，我们的友情依旧！

（姜菲菲，辽宁大学文学院中国古代文学专业 2015 级研究生。）

我家刘先生

刘　洁

　　刘先生大我十九岁，在我出生的时候，他还是一个贪玩的小伙子，不懂如何照顾婴孩，也不喜欢照顾婴孩。刘夫人说，每次让刘先生照看我时，他就借口上洗手间，末了，总会翻过墙头，溜之大吉。

　　我四岁时，刘先生要抽烟，命我去灶房拿火柴，我说什么也不去，反是刚学会走路的一岁出头的妹妹雪儿迈着小步子拿来了火柴。两相一对比，刘先生气不过，随手抄起一截竹竿，把我狠狠地揍了一顿。记忆里，我瘸了好几天。

　　上学了，刘先生隔三岔五这样敦促我学习："洁儿，要考上项士，要住上别野，这一生千万不能康康碌碌。"我的小脑袋点着头，好似鸡啄米，实际上似懂非懂。后来我才渐渐明白，刘先生说的是硕士、别墅、庸庸碌碌……

　　中考时，我考试失利，没能考上市一高中。刘先生领我到黄瓜地头，指着满地的杂草对我说："给你一天时间，薅完这些草，你就上学。"那天，我不眠不休、不吃不喝地薅起草来，从早上到傍晚，从傍晚到繁星满天，满身都是草汁和泥巴，分不清哪儿是露水，哪儿是眼泪。

　　高二时，刘先生来到学校给我庆生，我邀好友同去。席间，刘先生说他还带了饮料，让我跟他去拿。走到外面，刘先生摊牌说："来之前换了身衣服，钱都在那身衣服口袋里……"

　　刘先生时不时地喝些小酒，每次大醉之后，总会絮絮叨叨地说同样的话："人家都有儿子，我没有儿子……"

刘先生就是这样一个人，叫你又好气又好笑。

我一个月大时，有一天刮着大风，树枝被纷纷吹落。刘先生和刘夫人摸黑去捡柴火，就把襁褓中的我放在那种比较高的老式木床上。等他们回来时，摸遍整张床也找不到我，就开始摸地上。最后待他们发现我就在他们脚边，早已哭哑了嗓子时，刘先生登时就抱起我号啕大哭起来。妹妹出生时，伯父、姑父、表叔（他们都有不止一个儿子）纷纷提出要拿他们的儿子换我或者妹妹。做梦都想要儿子的刘先生一口回绝了，他说："这是俺闺女。"

小学升初中时，刘先生骑车载我去城里的一所中学参加考试，我担心那儿的学费贵，刘先生说："洁儿，你记住一句话，就是砸锅卖铁，我也要供你上学！"

高一时，班里一个同学打篮球受伤了，教室里弥漫着一股红花油的味道。同学们都受不了这种刺鼻的气味，我却能安之若素。那一刻，我才意识到家里总有这种气味，做泥瓦匠的刘先生不知流过多少血，受过多少伤……

高二时，刘先生从工地直接来学校看我，我本来嚼着兰花豆，看见他，一下子冲进他怀里，泪水啪啪地打在他身上。回到家，刘先生逢人就说："我一身的水泥，洁儿不嫌弃我。"

高三时，刘先生向与我同班的堂弟探听我在学校的情况，堂弟说："我坐在倒数第二排，她坐在正数第二排，我每天都听见她的笑声。"刘先生说："那她在学校过得挺快乐。"

现在，刘先生腿受伤了，躺在床上，打着石膏，吃喝拉撒都需要人照顾。我说："刘先生，您提前让我体会到您年老卧病在床我伺候您的感觉了。"刘先生说："老了，我要赖着你。"您赖着吧！老爸！您知道吗，虽然我一直说等您老时，我要把您和妈分开，把您关进小黑屋里，不给您烟抽，不给您酒喝，让您叫天天不应，叫地地不灵；虽然我一直同您顶嘴，气得您几次想跑到胡同里大吼"洁儿打爹了"；虽然我爱和您抢电视遥控器，甚至恶劣到关电闸的地步……但是，爸，我最爱的爸爸，您知道吗，女儿最爱的人是您。在我的手机联系人里，您的备注是"家"。有您，我才有家。在女儿心中，您就是家的象征，是图腾一般的存在。所以，您的身体一定要快快好起来！

您还欠我一个愿望，不是吗？我们说好了，这个春天去拍全家福的。而且在这个春天，雪儿就要嫁人了，这是咱家天大的喜事。您有那么多的事情要做，是吧！

为老爸祈福，希望全家安好。

（刘洁，辽宁大学文学院中国古代文学专业 2014 级研究生。）

她已去七载

姚红燕

　　归校已久，常与母亲通话，而这也早是去国怀乡落下的习惯。某日，母亲告诉我，老家的坟要翻修了，父亲因此一直忙于在我们现在住的地方与那百里外的故土间奔波。父亲是个重感情又极孝顺的年过半百的老人，他是奶奶的第二个儿子，往上我还有一个大伯，往下则有一个叔叔。奶奶还有三个女儿，但修坟的礼数中未提女儿的责任，若她们尽点孝心也该是好的。

　　记得修坟那天，父亲在山头上给我打长途电话，他兴奋时总不让我插上一句，即使挤进寥寥几字，也被父亲忽略掉，但他的心情我心领神会。后来，他让母亲通过电脑给我发新坟的照片，看到相片的那一刻，我很想念天堂的老人。

　　姐姐出生的时候爷爷就不在了，所以我从来没体会过被爷爷疼爱的滋味儿。奶奶在我上高一的时候离开了我，结束了八十三年的风风雨雨。2009 年春节后，母亲照看店面，突然接到一通电话，她红着眼睛，声音沙哑地说："你奶奶走了！"然后便是找东找西似的要表达点什么。记忆中外婆去世的时候，她才有过这般惊慌失措。那日，奶奶离开的噩耗不胫而走，悲伤漫过每一处触手可及的地方。而我，一直难以哭泣，只觉天在下雨。一只白色塑料袋被风刮到我的腿上，总以为它有千斤重，缠住我无法拔离地面的双脚。

　　奶奶并不是突然去世的，早在几个月前她不小心摔了一跤，过了不久，她在一夜之间中风了，不能说话，不能动弹。那几个月里，她的儿女有的出钱，有的出力。她见了她一辈子只见过几面的大孙子，我见了我这辈子再也不会见到的奶奶。那天，我和姐姐走到她的床沿前看着她松弛而蜡黄的脸，我再也不能忘记从奶奶尽力睁大的眼中流向眼角的泪。那一滴泪有她对我们十多年的关爱，更有她对我们这些小辈今后人生的期许。身体虚弱时，流泪也是奢侈的。那一刻，奶奶心中有多少不舍和疼痛呢？而这零星的泪是怎么也无法道尽的。

我是读三年级时离开小山村来到城市的。奶奶会在农闲时来家里住上一段时间，从店面阁楼上的夹间到店铺后面的小屋，从两室一厅的小卧室到客厅，奶奶在我成长最关键的七八年里常常来家里，或许这是她人生中最享受的时光，也或许这是她不曾有过的谨小慎微的岁月。

奶奶与母亲不是婆媳关系的楷模，她们之间的很多往事我是从母亲那儿听说的，但我不能追根溯源。我眼中的奶奶终究是年迈的老者，我真正能记得住她的事迹并不在以前，而是离我最近的。在奶奶与我们住的日子里，父亲总会将红烧猪蹄、红烧肉煮烂，还会主动夹给奶奶。记得有一次，父亲将红烧肉往奶奶碗里夹，奶奶不小心将肉掉到了地上，她歉意地看了看我们，而父亲忙重新夹肉说没关系。奶奶那时的眼神让我内心震颤，她像犯了错的孩子一般等待家长的数落。可她是我的长辈，她经历了漫长的人生，知晓我还不能明了的人情世故，现在她却在自己的孩子家里表现得小心翼翼。可惜多年后我才知道当时我不该用挑剔的目光看奶奶。

奶奶住在我家的那段日子，父母经营的小本生意只能勉强维持生计，住房、吃食、读书等都是问题。在我读初中的时候，父母商量租一间两室一厅的住房，虽然如今已搬出来几年了，但我依然记得是 502 室，仿佛不会再忘记。有一天，奶奶来了，父母在我和姐姐的房间里安置了一张窄床，铺上了被子，这成了奶奶没住多久的住所。至今我都十分后悔，因为抱怨奶奶打呼噜而使奶奶的小床被搬到客厅一角。我悔恨那时年幼懵懂不懂体谅与关怀的自己，忘了奶奶曾照顾我的那几年。

在我离开故乡之前，小学一、二年级都是在奶奶的照料下度过的。她会在有小贩经过的时候，买下几篓青苹果；她会在一段时间里带我和姐姐去趟老州，一个有信用社、理发店和集市的热闹地方；她会在晚上将米饭和白菜放进铁饭盒里，塞进煤炉边的小抽屉里保温，第二天我和姐姐就可以自己拿出来吃完，再赶一个小时的路去村里的小学；她会在土豆、山芋、豆子等成熟的季节里给我们煮一大锅当零嘴；她还会在我们生日时给我们煮鸡蛋，我们便满心欢喜。今天，青苹果、白菜、米饭、水煮蛋，再没有那时候那般吸引我了，只是偶尔很怀念，吃着吃着就吃出奶奶的味道。

虽然与奶奶相处的时间并不长，但记忆的思绪却源源不断。她应该不是没有骂过我的时候，但是，夏夜里微风吹过的凉床、奶奶挥动的蒲扇、天上闪烁的繁星，还有不尽的故事，却是七年里我常梦见的。

2016 年春节回到老家，邻里的爷爷奶奶还健在，拉家常时，一位奶奶说："你奶奶她老人家说，两个孩子出去念书后，这下没人帮着抬水、捡松果了，现在孩子都这么大了。"那一刻，我的泪夺眶而出，我突然想到奶奶没有看见我读大学，没有看见在那座城市里我们有了自己的根基，七年了，她在那边能否知晓我们越来越好了呢？

坟上长出了高高的草。爷爷的坟在高山之上，爬上去很难；奶奶的坟在山坡上，便于到达。我们这些小辈，忙碌之余总该去看看了。

（姚红燕，辽宁大学文学院文艺学专业 2015 级研究生。）

夜 倾 城

徐梦月

　　"每一座城市，都有一个夜的入口，虽然夜幕降临，心如止水，但真正要进入夜的中心，你需要找到那个入口，情感交汇的渡口，回望曾经的绿洲，轻轻挥挥手，摇摇头，叩开大门的一刹那，你我已经身临夜的中心。"

　　人生如梦，岁月无情。当整个城市笼罩着夜色，我也被拥入这夜的怀抱。此刻，我在江楼上独凭栏，听钟鼓声传来。一江春水缓缓流，不禁让人想起张若虚的《春江花月夜》，仿佛真的看见了"春江潮水连海平，海上明月共潮生"的景象。此情此景，感慨不乏随之而来：十口心思，思家思国思社稷；八目共赏，赏花赏月赏春江。

　　顷刻，月上东山。天宇云开雾散，光辉照山川。千点万点，洒在江面，恰似银鳞闪闪，惊起了江滩一只宿雁。我独自走在银色的月光下，风轻轻地拂过耳际，它仿佛细心地呵护我的发丝，柔柔的。如果，记忆是痛苦的延续，那么，南飞的大雁似乎在做永远的诀别。秋去冬又来，面对回忆，是微笑，还是拒绝那残留的背影选择忘记？我和你，隔着山，隔着海，隔着沧桑，隔着一场寒冷的冬季，隔着断桥残雪。我的爱，你是我亘古不变的传说吗？是我千回百转的寻觅吗？是我前世今生的期盼吗？梦里江南，烟雨氤氲，暗香浮动，疏影横斜。"云落寒潭，涤尘容于水镜；月流深谷，拭淡黛于山妆。"

　　听，清风吹来竹枝摇，摇得花影凌乱，幽香飘散。夜深了，人静了，有多少故事还在继续上演着，那些若隐若现的伤，却依旧在。月色很美，不知道那些诗人是否也是一样的心情看着这些彻夜未眠的。不知道从什么时候开始，想你时，总是与夜相伴，才知道，夜成了我想你时唯一的依靠。不知不觉中我爱上了夜，爱它绝不少于爱你的心，因为你和它是如此相像。

我爱夜，爱它的深邃，如同你的眼眸，透过你的眸子是一个永远望不到边的世界。

我爱夜，爱它的温柔，如同你的双臂，拥在你的怀中是一种永远都享受不尽的缠绵。

我爱夜，爱它的沉寂，如同你的品性，当你沉默时足以让世间万物为你屏住呼吸。

我爱夜，爱它的颜色，如同你的生活，穿过黑暗是灯火通明般的绚烂。

此时，我清醒地知道，我爱夜，想你时，与夜为伴。

寂寥的夜里，静静地坐在昏黄的灯下，忧伤的情歌，在耳边萦绕着，眼前浮现出那些曾牵动丝丝情怀的文字。一页页细细翻阅着自己的心，那些纠结着相思的字里行间藏着的你，向我轻轻走来。此刻，窗的方棂里，框着一颗难以沉静的心。皎洁的月，淘气地将脸贴在窗上，窗内的一切变得清晰，而我，仿佛瞬间看清了自己。

今夜，我静静地想你。窗外的琴声为谁响起，想寄一颗红豆藏在你的梦里，让思念的气息，占据你的心底。月光下的倒影，尘埃飞过的痕迹，都是如此清晰。我仍在梦的港湾等你，等待你突然出现。深夜的小雨淅淅沥沥，梦里的花开十分神秘，你留下的痕迹，依旧那样熟悉。夜空璀璨的繁星，可否告知我在想你！月光下的足迹，是思念走过的印记。今夜，我静静地想你，醉得彻底！

总喜欢独自在夜深人静时冥想，体会着似曾遥远的虚空。或者，在这宁静的夜幕下，黑夜的另一端，你听见了源自我内心的呼唤。有种飘忽的声音在耳边悄然滑过，那是你的，也是我的，难以平静的呼吸，你用它回应着我的落寞。也许一个人的夜真的太冷清，沉寂中只有自己的呼吸和心跳在交替起伏，它们陪伴着我，看时间在漆黑的房间里流动，渐渐消失不见。

我感谢上天可以让我认识你，有下辈子的话我想还会深深地爱着你。爱上你我很快乐，黑夜中总会想起你的一切……

在这样想你的夜里，怎能不叫人流连？

（徐梦月，辽宁大学外国语学院英语专业 2014 级本科生。）

有一个地方我想和你去

刘梦琦

平淡如水的日子一天天地过，一个人裹紧厚厚的大衣，一个人忙忙碌碌，行走在这既陌生又熟悉的城市里，忘了又多久没下过这么厚实的一场雪，中午温煦的暖阳把它们融化，化成一摊雪水，风依旧呼呼地刮着。嘿！亲爱的朋友，有一个地方我想和你去。

身边的人行色匆匆，忙着去赴约，赶着去吃饭。在这个早已被黑白灰三种单调至极的颜色占据了的校园，一切都显得有些乏味、无聊。起床也是如此。不忍心离开温暖的被窝，不情愿套上臃肿的外套，讨厌风钻进身体的感觉，厌烦涩涩的干冷。生活中有好多不如意的事情，但是因为一个人，仿佛从黑暗中瞥见了光亮，在迷途中找到了归宿，他们就是朋友。

莫艳琳在《别了，耳听爱情的年纪》中唱道："爱一个人，是那么单纯，可以简单到不需要原因。"或许年少的我们还不懂得什么是真正的爱情，因为几句甜言蜜语便相信了一个人，一头跌进了爱情的旋涡，单纯地喜欢着，自己也讲不出原因。站在1字开头年纪的尾巴上，我去过的地方不算太多，喜欢过的人屈指可数，曾经为之死去活来的终究归于波澜不惊。每天的生活简单地重复着昨日的轨迹，并没有什么不同。不想安于现状却又疲于改变。在某一个瞬间，突然觉得自己读懂了人生，爱情并不是生活的必需品，但是，朋友却是。

亲爱的朋友，有一个地方我想和你去，只是和你去。在那里依旧有你喜欢的满天星光和葱绿森林，依旧有你钟爱的灿烂阳光和柔软微风。你不必担心未来的生活，不必面对现实的残酷，我陪你一起看星星，一起看蚂蚁搬家，一起感受自然的美，一起领悟纯粹的真。你靠在我的肩膀上，细数着回忆中的闪光，任凭记忆的闸门打开，眼泪打湿了眼眶，五味杂陈的感觉涌上心尖，这个时候我在成长，你陪着我成长，在这个只有你和我的地方。

亲爱的朋友，相识的时光里，我们彼此遇见过太多糟糕的事情，所以反而习以为常。你陪我从年少无知走到青春岁月，我陪你从天真无邪走向成熟。我享受着每天眼睛被蒙上的短暂黑暗，我喜欢夜色下你手掌心的温暖。这个地方，我只想和你去。

岁月无痕，我选择在最好的年纪赴你的约，我们之间不需要蹩脚的开场白。亲爱的朋友，这个地方我只想和你一起去，走走停停，欣赏沿途的旖旎风光，与你一同驻足观赏远方熹微的日光，我在这里等你。

不是所有的童年都满是快乐，不是所有的回忆都能让彼此甘之如饴。亲爱的朋友，有一个地方我想和你去，与你共度静美时光。那么时间，请你慢慢走。

（刘梦琦，辽宁大学新闻与传播学院广告学专业 2015 级本科生。）

东北人都是活雷锋

耿 佳

　　记得在我没上学的时候，有首歌非常流行，是雪村唱的，叫《东北人都是活雷锋》，讲的是老张开车去东北被人撞了，被一个好心的东北人救了的故事。朗朗上口的旋律，幽默诙谐的歌词，还有其中夹带的东北方言，让这首歌迅速在大江南北流行起来。透过歌词，我知道了东北人热心、豪爽、能喝，那是我对东北人的第一印象。但什么事都得眼见为实，当我真正来到东北之后，才体会到东北人真的如歌词里所说的是活雷锋。

　　第一次来东北，是在我初二的时候。爸爸出差到哈尔滨开会，正值暑假，于是妈妈和我也一起同行。因为走得急，当时从家里到哈尔滨的直达卧铺票已经没有了，只能从沈阳中转最后到达哈尔滨。

　　爸爸因为工作的缘故，年轻时候经常和其他省份一些同人有工作上的来往，其中有一个姓张的叔叔就是沈阳人。那次来东北，我们只有不到一天的时间在沈阳——头一天早上六点多到沈阳，第二天早上五点多就要再乘火车去哈尔滨，但即便是这样，张叔叔还是用他最大的热情接待了我们。我们到沈阳的时候，是张叔叔开车亲自去接的我们。那时候天才亮，许多宾馆还没开门，张叔叔就拉着我们满城找宾馆。

　　安顿好后，他带我们吃了早饭。经过短暂的休整，张叔叔又开车拉着我们直奔沈阳故宫。参观完故宫，他带我们在以"四绝菜"闻名的菜馆吃了正宗的东北菜，那家菜馆应该是叫"宝发园"，因张学良当年在沈阳的时候常常光顾这家菜馆而名声大噪。我现在还记得那家菜馆做的爆炒腰花、鸡蛋糕还有脆皮炸鲜奶的味道。尤其是脆皮炸鲜奶，金黄的外皮裹着嫩滑的牛奶，外焦里嫩，甜而不腻，怎么吃也吃不够啊。那是我第一次吃那道菜，后来回家后我发现家那边的饭店也有这道菜，满怀期待地点了，吃完却是大失所望。直至后来到沈阳上学后，我看到很多本地的微信公众平台和美团、大众点评推荐的沈阳老菜馆都有这家店，我心里才明白，为了让我们在一天内对沈阳留下深刻的印象，张叔叔确实是下了一番苦功夫的。

本以为吃完饭这一天的安排就结束了，但饭后，张叔叔又带我们去了怪坡和附近的野生动物园。骑着自行车在坡上飞驰，在全副武装的大客车里给老虎喂食，一抬头就能看见车顶上虎王的屁股……如果不是张叔叔带着我们，我们怕是不会做这么疯狂的事。虽然当时在车里吓得嗷嗷直叫，但现在回味起来，真是不能再棒的一次体验了。尽管我们一再拒绝张叔叔晚上带我们去看二人转表演的邀请，无奈盛情难却，又被张叔叔"忽悠"到了刘老根大舞台。一天下来，我们都累得够呛，更别说当导游和司机的张叔叔了。可是第二天他还是亲自把我们送到了车站。那时候，在千里之外的异乡，我第一次感觉到一种真实如家的温暖。但我总想着，或许是因为爸爸和张叔叔是老相识了（他们在我还没出生的时候就已经认识），所以才这么用心地给我们安排一天的行程，想来也是情理之中。可是后来我发现，东北人的热心，是在他们血液里流动着的，跟是否与你相识无关。

考研的时候，我的第一志愿报的是一所南方的学校，但因为机缘巧合，我被调剂到辽宁大学，好像冥冥之中老天要安排我与沈阳"再续前缘"。开学的时候，因为家远东西太多，爸妈亲自把我送到了学校。除了张叔叔一如当年的热情接待外，在沈阳生活的第一个星期，我就感受到了东北人这种活雷锋般的热心。

因为挡光和保护隐私的需要，我拉着爸妈到北行地一大道做了一个床围。要挂床围就要有铁丝，所以做完之后，我们一家人来到了五金店。得知我们买铁丝挂床围，老板直接把他店里的锤子借给了我们。要知道我们是外地人，又素不相识，虽然锤子值不了几个钱，但也存在我们拿走了他的锤子不还的可能。初到一个城市，得到陌生人这样的信任，我们感到十分暖心。挂完床围后，我跟爸妈买了一袋桃子作为感谢连同锤子一起还给了五金店的老板。我当时心想：这里的人可真热心啊！

因为我有健身的习惯，所以正式开学的第一个星期，我就在一个离学校不远的健身房办了健身卡。每次锻炼完总是洗个澡再回学校。天气渐冷，如果不吹干头发就出门容易感冒，我就买了一个电吹风带着。一次，我洗完澡，照常在镜子前梳头准备吹头发，我的电吹风放在包里还没拿出来，后面有一个姐姐以为我没带电吹风，吹完头发就要把吹风借给我。我说我带了吹风，她笑着说以为我没带，这么出去要感冒的。我对她表达了感谢之情，心里有说不出的温暖。

寒假过后，考虑到下半学期没有长假，我就把夏天衣服都打包到了行李箱里。带来的一个直接后果就是，行李箱重得我快拿不了了。再加上坐了七个多小时的高铁，等到沈阳的时候，我已经筋疲力尽了。到了北站往公交车站走，我到了跟前才发现扶梯没开。当时天快黑了，又冷，我一个女孩提着大行李箱在公交广场下的楼梯前走也不是退也不是，十分狼狈。就在这时，一个叔叔问我是不是要上去，二话没说，把我的行李箱提起来就往上走。我当时心里感动得不行，到了公交广场我连说了好几声谢谢，他只是淡淡地说了句没事，转眼就消失在人群里。等到我上公交车的时候，又有一个叔叔帮我把行李箱搬到了公交车上。跟妈妈打电话提及此事，妈妈由衷地感叹："东北的热心人可真是多！"

最后一件事就发生在几天前。那天我出门有事，手里提着一大袋子东西，还拿着手提包。我要等的那一路公交车好久没来，上车时已经是人挤人了。手上东西多，车上人又挤，我还没找好一个可以扶着的地方，司机一个急刹车，直接把我"摺倒"在地。周围的阿姨、奶奶和姐姐都以为我是因为身体状况不佳晕倒的，一个个都伸手来扶我，关切地问我有没有事，在我跟前的大妈直接给我让了座，尽管我一再解释是我自己没扶好，但她们还是执意让我坐下。那时我心里真是满满的感动，说不出的温暖。

现在我在沈阳生活也快有一年的时间了，我觉得东北人一个最大的特点就是不见外。不管对谁，他们总是像对自己的家人一样。不管是路边小摊，还是满是人的公交车上，你总能感受到他们极大的热情：他们看你没有什么东西，毫不犹豫地就把自己的借给你；看你有难，总是不计后果地"该出手时就出手"。我常常想，在东北这要是有个老人跌倒了，肯定会有人扶，而且很有可能不止一个人扶，而是一大帮人都会去扶。这种正能量影响着我们这些背井离乡来到东北的人，影响着在这里出生的一代又一代年轻人。这种活雷锋的精神已经深深地植入东北人的性格里，不自觉地就会通过行动体现出来。感动之余，我也在向这里的人学习，适时地对他人伸出援手，让自己也成为一个像东北人一样的活雷锋。

（耿佳，辽宁大学文学院汉语言文字学专业 2015 级研究生。）

第二章

流年哲思

旧 时 光

王伶俐

在每个人的记忆里，总有那么些旧时光，不深不浅地刻在那里，在你转身的那一瞬，恰好遇见。

当今社会，时代正以我们从未想过的速度不断前行，大多数的人为了不落后于时代，紧随其后，殊不知一些美好的曾经正在身后悄然流逝。华灯璀璨，却暗了过往，万丈高楼，却冷了人心。人总是要前进，只是在不断追逐未来的时候，我们真的应该停下脚步，慢慢走，去看一看那些旧时光，那些在我们身后惊艳或是温柔的时光。

我喜欢那些老物件儿，比如家里许久不用的脚踏式的缝纫机，或是写着乾隆通宝的大钱，抑或是几年前的书信……也许它们早已在岁月的洗礼下变得伤痕累累，破旧不堪，但那斑斑锈迹，却记录了过往，记录了那些旧时光。我喜欢探访那些旧城古街，喜欢听那些红瓦青砖轻轻地诉说着那些渐被人遗忘的老故事。我喜欢参观博物馆，却不喜欢跟着解说员的脚步，只愿一个人漫步在这个装满过往的地方，一点点探寻曾经。我喜欢读古诗看古文，从那已经历经几个世纪的文字中，思考过去、现在、未来。

我喜欢旧时光里的美食。妈妈包的饺子，街边卖的甜甜的烤地瓜，红彤彤的冰糖葫芦，过小年时吃的灶王糖、芝麻汤圆，它们的香气萦绕在我的心间。它们是汉堡、薯条所不能代替的美味。那个有美食的旧时光让我不能忘怀。那旧时光里的美食，总是能让人想起过往。时间久了，苦难渐渐消散，留下的只有甜蜜的

101

回忆。

我喜欢给朋友在年节时写信，朋友笑我像个老古董，我却不以为然。我总以为那用笔墨书写的一笔一画才能将我的心意传达。在我眼里，微信、短信，那不过几分几秒的拼写发送，总是过于短暂，哪里比得过"红笺向壁字模糊，忆共灯前呵手为伊书"的情真意切，又哪里比得过三五好友，在雪夜围着红泥小火炉促膝长谈，来得畅快淋漓。时代在发展，莫要让那一方小小的屏幕阻断了人与人之间真心实意的交流。当一切变得数字化、程序化，人类最本真、最纯粹的感情表达也变得冰冷僵硬。

也许我是一个过于念旧的人。可那些旧时光正如那一盏清茶，让我放不下，忘不了。如一轮明月，又如繁星几许，映在我的心湖上，偶有微风，泛起涟漪。

每个人的心中可能都有属于自己的旧时光，那些旧时光总是让人怀念，但我们绝不能只是怀念过往止步不前，我们要抱有从前的初心，不忘过去，以更加自信坚定的脚步迈向未来。

（王伶俐，辽宁大学文学院汉语言文学专业 2016 级本科生。）

梦里繁华，彼岸花开

尹晨钰

我们花费了大把的时间做梦，却在梦醒的一瞬间怅然若失。

好像很久以来都过得很压抑，好像自己的梦想被世界和时间一起挤榨磨碎，然后飘飘扬扬地落到深渊里，好像生活里所有事情都失去了有趣的意义，变得像市场摊位上死气沉沉的鱼眼睛。

我并不知道生活是不是就是这样，或者说这是不是生活。我们每个人都在这里苦苦挣扎等待日出，却忽视了日出前星云迷蒙的天空。

我们费尽力气到达梦中的彼岸，却发现那里根本没有鸟语花香，只有遍布满地的沟坎荆棘，毫不留情地撕碎梦想洁白的面纱。

生活，就是生动地活着。

我们只顾向身后的过往看，却忘了前面的路更长。但这生活，真的是我们原本想要的吗？

当我们满足了自己所有的欲望，告诉自己，快乐吗？

当我们目睹一群又一群本科生、硕士生、博士生争抢着清洁工的工作，我想知道这时知识、文化有什么用，我开始怀疑自己所做的事、所追的梦是否有意义，怀疑就算奋力拼搏也不可能看到阳光洒遍彼岸，恍惚间觉得自己的细微努力只不过是蜉蝣撼树，既然辛苦了那么多年结束之后也是一样毫无方向地游荡，那不如从现在开始放纵自己虚度时光。但是，我不能。

其实我一直想问梦想是什么。只是一个目标吗？只是一个终点吗？只是一个幻想的乌托邦吗？我不知道。我只知道人在不同的时候会有不同的梦想，因为人总是会有不同的生活。

年幼时的梦想一个个破土而出，光鲜夺目，却全都被冰雹生生击碎。逐渐长大的我们必须要明白世界的残酷，在尔虞我诈的疯狂里摆正自己的位置，理智地检查自己，时刻提醒自己记得不要自大，所有的事情在结束之前都是不确定的，就算全世界都否定自己，也应该在心里留一寸净土，种下梦想，用汗水和泪水浇灌，让它成长、开花。

因为世界是复杂的，梦想是脆弱的，它可能时刻会破碎，然而我们要做的就是全力以赴维护梦想的尊严。回头看看自己的处境，仿佛一个人走进了错综复杂的迷宫，里面盘绕着无数死结，很多事情缓缓进入我的梦境，一眨眼又消失不见。岁月流转，我穿透过往才终于明白，仅仅经历过，也算是传奇。

你最喜欢去的那家咖啡馆可能并不是他家的饮品有多好喝，而是那里经常放你爱听的音乐；你看了很多遍的电影可能并不是剧情有多吸引人，而是主角的一个微笑让你欲罢不能；你最爱的人可能并不是他有多么优秀，而只是因为你习惯了他的存在。类似的，与其大张旗鼓地宣泄自己的失望，莫不如习惯、理解、接受。

在这个被太多人称作浮躁的时代，最幸福的事莫过于安稳地做一个梦，在梦里，每一株草都会开花；在梦里，每一个梦想都会实现；在梦里，有自己的一世繁华，彼岸花开得正灿烂。

当彼岸花开，梦想如流年，熠熠生辉。

花开是需要过程的。我们需要拥有等待花开的资本。这个过程比梦想本身都更重要。

你一样，我也一样。

（尹晨钰，辽宁大学文学院汉语言文学专业 2016 级本科生。）

远离自我感动

胡晨愉

听说曾经你也彻夜未眠。可能因为工作、学业，熬夜熬到两三点，每天只睡四个小时；可能因为失误陷入困境而感到自责，在寂静中反思成长，但这并不是能够拿来炫耀的资本。可能是因为你的拖沓导致事态发展缓慢，并不是证明你多么努力、多么刻苦的衡量标准。耗费时间无关努力，我们要清楚，时间长度并不等同于努力的深度。长度与深度，一个横向、一个纵向，即使无限接近，也不能找到交汇点。那些看似轻而易举的成功，或许是时间的沉淀，但更多的是集中精力不断钻研的结果。况且，有的看似努力的人，实则是在人前努力、背后放纵，只为赢得大家的口头称赞。而那些得来的赞扬，感动的并不是别人，而是你自己。如果现在的你沉醉于浮华世界的花花绿绿，沉溺于幻象的蜜糖，多年之后，回过头来，才发现一切都是幻影，像海市蜃楼一般，曾经那么恢宏壮大的瞬间，在刹那无处可寻，不留半点踪迹。那么无可非议，你现在所做的一切、所付出的所有，都是理所当然。不是有人戳着你的脊梁逼迫你非做不可，而是避免望尘莫及的无奈与悔恨。

众所周知，如果坚持不到最后一刻，与成功擦肩而过的概率就会大大增加。但很多人在坚持一段时间得不到回报后就开始抱怨困难重重，感觉如同被突如其来的飞沙走石打倒一般，一个个垂头丧气，如丧考妣。认为自己已经足够努力，付出了足够的心血，到头来却颗粒无收，却很少反问一句，我真的必须要得到吗？我愿意为了我想要的付出一切吗？我真的能做到无怨无悔吗？你不再前进，而是站在原地发愁。可你比谁都清楚，往往是你现在所抱怨的不美好推搡着你不断前行，支撑着你走到了现在。在无数的嘲笑和冷眼当中，你学会的是反省与提升。你忍受深浅不一的寂寞与纠结，吞下不胜枚举的委屈与心酸，才能胜任无数任务中的一个。当所有的不甘心变成小幸运，或许你会喜极而泣，但是不能自我感动。你不断地变得更加强大，但所有人都如你一样，在迷惘时进退不得，在泥淖中奋力拼搏。你所做的一切，不过是为了不落后于他人，那么又有什么值得感动的呢？不必把什么苦痛都拿到台面上来说，隐忍也许会让你变得更加强大。不必向往意外的收获，那些意外的成功也可能带来日益膨胀的虚荣心，脚踏实地才能丈量漫漫前路。否则，当所有的运气用尽之后，会在此起彼伏的抱怨声中失掉前行的勇气。

于事于人，皆是如此，自我约定，不沉迷于自我，如此而已。

听说曾经你也辗转反侧。或许你为某个人放弃了生活已久的故乡，每天为了他的情绪而活，他的一句话让你如沐清风，也是他的一句话，让你如坠深渊。可是你所做的这些，或许并不是他想要的，甚至会给他带来负担。你在步步追寻他脚步的时候感动了自己，可那种感动也仅限于你。你自我感动、自我催眠，固执地认为只要你愿意，你所爱之人便乐于接受，甚至几近疯狂地纠缠不休。但一厢情愿就像一把烈火，燃尽了自己的热情，也将所爱之人烧成一团灰烬。待到灰烬冷却之时，你开始自暴自弃，也沦陷于怨天尤人的梦魇，抱怨自己不够优秀，抱怨所有的付出都得不到回报，所有的倾注都是枉然，所有的不安都蜂拥而至，所有的美好都避之不及。你用泪水麻痹苦痛，同时为自己的无所畏惧、坚定不移而感动。难免每个人都有自怜自艾的情绪，但要懂得克制，而不是任凭失落或绝望的情绪淹没你认清事实的心境，被自我暗示蒙蔽双眼。你要明白，不论你昨晚哭得怎样撕心裂肺、被自己感动得一塌糊涂，醒来后的这座城市依旧车水马龙。唯有时刻保持清醒，避免陷入一种感动情绪，才能明白自己到底付出了多少，才能真切地感受一些事物的存在价值。

你曾经努力挽回一段渐行渐远的爱情，到最后发现一切都是徒劳无功；你曾经许诺不负深情的人，又是以多么唐突的姿态出现在你眼前。当初的放不下，现在看来也不过是不甘心。迷恋过的、求之不得的那个人，终究未被你打动。只是每当想起那个人，你的心里还会有一丝悸动。自我感动的作用不过如此。

学会井井有条地生活，时刻提醒自己，不因微小的成就而自我感动，也不为执着找借口。当思绪在黑夜盘绕，要学会于兵荒马乱中逃亡，去寻找那个最真实的自己，于百忙之中抽空回应自己的内心。

（胡晨愉，辽宁大学文学院汉语言文学专业 2016 级本科生。）

你是春意，你是温暖

冯秋虹

　　每一片雪花的消融都宛如一只翩翩离去的蝴蝶，扇动它带着冷冽水汽的翅膀飞向更高的远方。但同时，它也在我们的眼中和指尖留下了即将降临的美景的残影。

　　踩在湿软的泥土上，留下了深深浅浅的脚印，仿佛大地的韵律，从我们的脚下逸出来。跟随着远方呼啸的风，是那么自由畅快，急急地与行人撞个满怀，又或是卷着残留的雪奔向前方。我的每一根发丝都在缠着它们，诉说相逢的喜悦。

　　摒除耳边的呼啸，静静地与睡眼惺忪的万物交谈。

　　面对一根根干枯的树枝，我能说些什么呢？经过了寒冬的考验和蛰伏，他们早已将自身的能量集中到核心，舍弃无用的末节，用无言的激情度过了无数个寒冷的日日夜夜。轻抚着他们冷硬的躯壳，每一节每一块仿佛都有着说不尽道不完的老故事，但躯体的凝固，让他们只能在旋转变幻的空间里学会缄默。

　　面对坚固冷硬的大地，我能说些什么呢？一片枯叶、一根枯枝的掉落都是一次生命轮回的最终完成。大地用她广博的胸怀容纳着无数的子女，他们一点点地消解，慢慢渗透到大地的身体里，最终成为一份养料，供养着自己梦想开始的地方。也许某一天，他们会甜甜地飘向梦的方向，但希望他们在走之前，替我们吻一吻在地下长眠的爱。

　　面对树上的鸟儿，我能说些什么呢？一声凄厉的喊叫，在寥廓的空地上显得格外突兀，也许，鸟儿们也嫌唐突了，便只是静立在不起眼的一角，静静地打量着眼前沉寂的一切，半天也不变换一个姿势，似乎成了树的一个枝节。突然，鸟儿扑棱棱地扇动着翅膀飞走了，连叹息也没有留下。

面对不止的风，我能说些什么呢？风不知疲惫地吹拂着，永远没有方向，永远没有终点。它穿过我们的忧愁，飘过太平洋的海面，拂过南极的冰川……也许风带着我的心轻轻地吻过了每一片美丽的大地、每一朵娇嫩的花朵、每一颗晶莹的露珠。风就像我们心中的爱，无处不在却无迹可寻，还未张口，便已知晓心中之情。

面对着他们，我能说些什么呢？只有思考和沉默。唯有用柔柔的春意抚平心中的褶皱，以温暖来表达洋溢的爱意。

（冯秋虹，辽宁大学文学院汉语言文学专业 2015 级本科生。）

忆 旧 年

程誉慧

那天，一睁眼便被这银装素裹的世界惊艳。白雪缀满枝头，正有那"千树万树梨花开"的情致。也许是嫌这寒冬太过漫长，也许是怨那春色迟迟不来，朔风一吹，便"故穿庭树作飞花"。不觉间，鬓间已星星点点。

我独自走在雪地上，身后徒留一排脚印，霜雪铺满头，我轻拢鬓间青丝，不经意间扰动了冬日为我插上的朵朵白梅。

这里没有南方那样的零星小雪，亦不会有撑一柄竹伞，漫步在青石街道的少女。北方的雪常是素洁凝重，铺天盖地的，而我也像踽踽独行的旅人，眼里无他，唯有前进的路。

作为一个北方姑娘，雪，太过寻常。褪去了浪漫神秘的色彩，雪在我心里便如张爱玲笔下的白玫瑰那样，再凄美的月光也不过成了衣袂上的一粒饭粘子。

霜雪模糊了视线，但耳畔却传来嬉笑欢闹之声。原来是稚童在打雪仗，那漫天飞舞的雪花在阳光的照射下熠熠生辉。只是，最美的不是雪花，而是孩童眼里的星辰大海。

我的心蓦然被触动了。曾几何时，我也在寒冬中双手合十，祈祷着明天下场鹅毛大雪；曾几何时，我也用红通通的小手搓一个雪球，执拗地想要堆一个雪人；曾几何时，我也在操场上言笑晏晏，飞舞的雪团见证了彼此的友谊。

可是从何时开始，那最自然、最纯粹的乐趣和我渐行渐远。又是从何时起，这世间的千红百媚，在我的眼眸中日渐黯淡，我的生活日渐被手机、电脑这些电子设备所支配。我们不再有"挐一小舟，拥毳衣炉火，独往湖心亭看雪"的闲情雅致，也不再有"孤舟蓑笠翁，独钓寒江雪"的孤独苦闷。我们扪心自问，快节奏的生活是否让我们忘却了本心？

雪满盛京城，大雪为这旧地更添一份萧索。这颓败的时节，不应老去的是你我一颗归寂自然的初心。让我们在闲暇之余，抛下那俗世的烦恼、忧愁，在幽篁里弹一曲悠扬的《广陵散》；在庭院里，看一次雨打芭蕉；在经楼里，听一次木鱼禅机；在书阁里，品一壶浓酽香茗。

思绪百转千回，蓦然看去，似乎那白雪也不再冰冷。捧起一抔雪，向天空吹去，纵然周遭没有红梅，没有雀莺，只有枯藤老树在风中摇曳，那飞舞的雪花却让整个世界生机盎然。我不禁笑靥如花，颇有兴致地在地上堆了个小雪人。原来心底从未失了那份纯真。脑海里浮现出张晓风的那句话："树在，山在，大地在，岁月在，我在，你还要怎样更好的世界？"是啊，纵使北风凛然，但一颗初心未变，这不就是最好的世界吗？愿与君共勉。

（程誉慧，辽宁大学文学院汉语言文学专业 2016 级本科生。）

别颓废，你还不配

姜菲菲

自己选择的路，跪着也要走完……

看看现在的自己，过着怎样的一种生活。早上睡到日上三竿，起来吃了早饭吃午饭；晚上玩到熄灯都不睡，聊会儿 QQ，看看小说，听听音乐，看看电影……这小日子过得，真清闲啊！可是这样下去，出了校门，迈入社会，我能做什么呢？我要靠什么生存呢？爸妈把我养这么大，辛辛苦苦、拼命挣钱供我上学，难道就是为了培养一个一辈子"手心向上"的废物吗？就为了让我过这样一种混吃等死的人生吗？我还真是不争气啊……

虽说我一直都是个没有理想、没有追求的人，可人总要学会长大。长大了，就要担起那些能承受和不能承受的负荷。真的，有时，不去做并不代表不明白。就像我虽然依旧自我，但并非不懂爸妈对我寄予的厚望。高中玩心不减，输掉了我曾经所有的骄傲。不是不明白高考成绩揭晓时，爸妈的叹息和刻意隐藏的失望。真的，只是自私地不去想，想一直做个长不大的孩子，心安理得地活在父母爱的庇佑下，不去想未知的以后。可当有一天，再怎么忽略，还是看见了爸妈脸上岁月的印记和头上霜染的青丝。我知道，不能再逃避本应属于我的责任了。当有一天，我再怎么努力也抚不平爸妈被生活重担压弯的脊梁，我知道，我不能再颓废下去，爸妈已为我耗尽青春，我就有责任还他们一个安逸的明天。

虽然我一直是个没心没肺的女孩，可也有我最在乎的人，那就是我的家人。我已经让他们操碎了心，还怎么忍心让他们担忧我的未来？他们为我付出的，我倾尽所有也不能报答万分之一。真的，虽然没说过，但一直都觉得有愧于他们。我这个女儿，不是他们的开心果，而是他们今生的负担。爸妈，从现在起，答应你们的，我一定会做到。

我不是天才，没有令人仰望的资本；我不是命运的宠儿，没有不经努力就到达理想之地的幸运；我不是童话里的公主，没有命中注定的幸福结局。所以，我必须狠狠给自己一耳光，打醒终日做梦的自己。在这个竞争日益激烈的社会，要生存就要有资本。对我而言，学会生存，就要认清自己。我没有优渥的家境，没有显赫的背景，没有非凡的能力，我有的，只是自己而已。所以，收起我的颓废，藏好我的懦弱，从这一刻起，学会做自己的主宰吧。看清前进的方向，树立明确的理想，风雨兼程地上路吧。

记住：给自己一个梦想，给自己一个承诺，给自己一份坚持。

（姜菲菲，辽宁大学文学院中国古代文学专业 2015 级研究生。）

纳西索斯的哀伤：虚荣、分裂与救赎

姜　海

被诅咒的纳西索斯，在生命消逝前试图拥抱自己美丽的倒影，却眼睁睁地看着那完美的幻影破碎成了一片混沌的色彩。不知在被死亡吞噬前，他是否来得及为自己这化归虚空的一生感到片刻的哀伤？

虽然不知道这样觉醒的时刻是否真正存在，但忘我地陶醉在幻象中的纳西索斯应该是幸福的，这种完美的自我幻象给人带来一种登天成神的飘飘然之感。类似的，虚荣似乎也为戴着假面的虚荣者提供了真实的安慰。

"真实的安慰"听起来颇为荒谬。在我们的印象里，虚荣总是与谎言相伴。虚荣者试图编织华丽的假象来制造一种虚妄的荣光。是的，的确有那样的瞬间，他们获得了众人的瞩目，仿佛宇宙的光芒集于他们一身，造就了一种天神般的璀璨，但这样的瞩目不会持久，当这辉煌的瞬间逝去，虚荣者心里剩下的只有躁动的不安和深深的恐惧。

不安，是因为他们自己知道，这种虚妄的荣光不会持久，真相早晚会被揭露。与其说他们戴着精致的假面欺骗他人，不如说，他们想利用他人的瞩目来欺骗自己，用一个完美的自我幻象代替真实平凡的自己。即使心中的不安一再提示虚荣者这种自我欺骗是徒劳无功的，原形毕露的那一刻将体验由云端跌落低谷的恐惧。但他们宁愿忍受这种不安和恐惧的折磨，也不愿接受自我的真相。如此，原因何在？

这是因为，在他们的心中，隐藏着更大的不安和恐惧。

有些看似不合理的情绪或行为，能在童年经验中找到其存在的合理根源。虚荣背后的不安和恐惧也不例外。它们来自幼时与父母之间形成的特定的关系模式——父母的赞赏，被我们视为"好我"；父母的厌恶，被我们视为"坏我"。为了赢得父母的爱，我们努力地表现自己的"好我"，而将"坏我"压抑到潜意识深处，这在某种程度上造成了自我的分裂。这种分裂，源自父母有条件的爱，以及我们对失去爱的恐惧。自我的分裂发展到极致，就是完全否认自己的缺点与不足，只生活在"好我"的幻象中。这种心理在某些特定的情境中，就会表现为强烈的虚荣感。

然而，这种自我的分裂意味着对"坏我"的抵抗，抵抗往往伴随着痛苦的来袭，毕竟被压制的"坏我"也是我们自己的一部分。它们无法被消灭，而且时不时地从潜意识中跳出来，引发强烈的不安和恐惧。为了消除这些负面情绪带来的痛苦，我们会从已有的经验中寻找应对方法，这种唤醒过去经验的过程叫作退行。生命的经验有限，退行亦会有其终点。这个能令心灵重新获得完整感的终点在哪里呢？

答案也许在我们生命的最初几个月。刚出生不久的婴儿心理上尚未走出母腹的狭小世界，他们可能天然地认为自己就是世界的中心，宇宙围绕着他们旋转。婴儿的这种与世界浑然一体、不分彼此的感觉，被称为"全能自恋"。因而，人头几个月的心理发展阶段，被称为"全能自恋期"。

当心灵退行到这一时期，我们会发现分裂的痛苦似乎消失了，因为全能自恋意味着与世界紧密连接，破碎的自我融入了一个更为广大的存在，带来了一种无与伦比的安全感。

这样听起来似乎非常美妙。我们的心灵得到了这样强大的支撑，那些痛苦好像永远被摒弃到了意识之外。但实际上呢？心灵真的能如此轻易地得到救赎吗？

为了获得独立的生命和独特的体验，婴儿会离开母腹，乃至最后离开自己的原生家庭，去往更加广阔的世界。心灵的成长也是如此。全能自恋只是婴儿的一种幻觉，这种幻觉终究会被他们面对现实的无力感所挫败。婴儿逐渐认识到自身的局限并走出全能的幻觉，在接受自我及世界的真相且在二者间建立联系的过程中获得独立而真实的生命体验，这是心灵成长的开始。

相反，如果执着于这种全能幻觉带来的安全感，心灵的成长就会陷于停滞。不仅如此，全能的幻觉会将心灵与真实的生命体验隔绝开来。失去了丰沛生命体验的滋养，心灵会逐渐萎缩，变得苍白无力。为了维系自身的存在，心灵更加执着地沉溺于全能幻觉，制造更多的假象。很多虚荣者会越来越疯狂，原因就在于此。

就这样，心灵在虚假的荣光中，犹如飞蛾扑火般逐渐迷失。那么，飞蛾能否打破迷局，重获飞翔的自由？

想象一下，如果除去华丽的外衣，摘下精致的面具，将真实的自我赤裸裸地袒露在阳光下，会有什么感受？

——不安，恐惧……

然后呢？

——绝望，悲伤……

然后呢？

很多很多被压抑的、被遗忘的情绪和记忆，会浮现出来……这些就是被否认、被隐藏起来的"坏我"。

试着去理解并拥抱一下所谓的"坏我"吧，它们是被遗忘的自我，是心灵的另一种风景。理解"坏我"，意味着知道它们的本真是什么，并且试着理解它们存在的合理性。因为"好我"和"坏我"犹如硬币的两面，截然相反却本质相同。

当真正理解这一点，"好我"和"坏我"就会开始融合，成为完整的自我。

这就是所谓的拥抱真我。

这个过程也许会艰难而漫长，但最重要的是迈出第一步——打破幻象，接受真相，以真实面目坦然地面对并不完美的世界。

一旦这么做，就会经历那种从云端坠落的恐慌，但不必担心。

正如一颗不愿离开大树的果实，在秋风的摧残下从枝头落下。在坠落的终点迎接它的，是宽广而温暖的大地。在仁慈的大地的怀抱中，这颗果实将度过严冬，借着春日的生机成长为一棵全新的独立的大树。

所以，放下幻象，你将与真实的生命相连接，活出独一无二的自我。

对于纳西索斯而言，化为水仙的那一刻，意味着诅咒的终结。因为水仙的根与大地紧紧相连，在大地的滋养下，他终于可以肆无忌惮地欣赏自己的美丽了。

这便是真正的救赎。

（姜海，辽宁大学文学院汉语言文学专业 2014 级本科生。）

少年的心

——致文学人的成长

张海漫

　　什么是勇气？这是一个永恒的话题，迷茫着少年的心。于是少年踏上了一条寻找之路，不再回头。

　　他从小河谷行舟至一片汪洋，靠了岸，脚跨出小舟，爬了上来。蓝色的海浪，淡雅的别庄，别庄的美人，美人的幽梦……少年就躺在淡蓝的天空下像野马般畅想着，此时海面已经被赤热的太阳光线笼罩了东方半角。平静的海上，弥漫着一种夏天早晨特有的清新的空气。表面裸露的有几堆青螺似的小岛，受了朝阳的照耀，映出了一种浓郁的绿色。远方是一条连绵翠绿的山峦。闷热的天气，燥热的空气，令人睁不开眼的阳光使得少年闭上了双眸，随之而至的是微微的鼾声。

　　沙滩上闷人的热气逐渐减弱，太阳在西方海面上沉没了下去。海上的景物也变了。近处的小岛几乎看不见踪影，空旷的海面上，映照出夕照，远远地隐约浮出了几处眉黛似的青山，灰黑的夜从大海的另一边聚集而来。少年一心想融入这茫茫的黑夜，于是撑起桨扬长而去。夏秋时节，风暴多发。尤其在无边的静谧之下，没有人能预测会发生什么。也没人知道风暴就潜伏在海上的某个角落，像个鬼魅配合着风声淫淫而笑，正待少年一出现，便要吞没了整个世界。他浑然不知，可是黑漆漆的汪洋将无所畏惧的心一点一点腐蚀了。他感受到闷人的气息，鼻尖儿上有几颗珍珠似的汗珠滚出来。就在此时，那个"鬼魅"一跃而起，张开血淋淋的大口。他惊慌失措，整个身体趴在船上，以求能借助自己的力量控制住船。阴风怒号，浊浪排空。一个大浪打过来，几乎要将船打得粉碎。眼看着船马上要沉入海面，风浪又突然平息。少年有些手忙脚乱，急急忙忙舀着水倒出去。这场悄无声息的风暴要敲碎他的心，他不由得想到安逸的生活，屋檐下温暖的父母。风浪翻滚消磨了黑夜的时间，东方一抹光线穿过了灰黄的云层。少年抬头仿佛捕捉到什么，一双希望的翅膀落在他的背上。他站起，屹立在"甲板"上，凝视着天际的云霞。数行冰冷的清泪，把眼前的风景染成了模糊的影像，像梦里的江山。少年的心岂会停留，他将放之于星辰大海。

风浪啊，你尽管吹打着我的船。我将无畏茫茫黑夜，头也不回，勇敢向前。

（张海漫，辽宁大学文学院汉语言文学专业 2014 级本科生。）

生命，且行且珍惜

姚红燕

　　仓促中，沈阳以春意佯装打扮着，一夜后尽显娇姿。不久，星星点点的绿，敌不过那大块大块的枯黄。我不经意间路过教学楼前的草坪，却要小心翼翼地避开，仿佛不忍心触及。也许，夏天是毫无情义可言的，在一年中最炙热的时光里，它们短暂地一现，还显得那样理所应当。

　　我怕，草木不知道生命即将停止，还要傻傻等待春随后的摆弄；我怕，风雨时常抖落希望，还要哄骗万物继续绽放……但其实，我更怕的是一个人把自己定格在卑微的世界里，把每天活成世界末日前的恐慌，甚至把周遭人的冷漠、抛弃当作对自己生命的惩戒，只用自惭形秽、杞人忧天、万念俱灰来装饰梦想。

　　是否，生命如此不堪一击？偌大的村庄，无尽的哀歌，缥缈的希望……每一次回想那个月明之夜，花谢之时，我们都曾嗅过生命那淡淡的幽香。也许，生命有时是脆弱的，在地动山摇中，为尘埃所掩埋。可是，淬火青春，擎起生命不屈天空的杨彬彬，还有那个在地震中失去女儿的杨阿姨，他们的生命何尝不宝贵呢？灾难截去他的双腿，夺走她的孩子，他们可曾怕过什么呢？我们要一步一步走下去，踏踏实实地步履向前，永不抗拒生命交给我们的重负，这才是勇者。到了蓦然回首的那一瞬间，生命必然给我们公平的答复或是又一次乍喜的心情，那时的山和水，复又如故，而人生已然走过，那会是多么美好的一个秋季。所以，对待生命，请且行且珍惜。

　　如果，我们很平凡，那么就过得简单些，可以只做单纯的事，珍惜此时此刻生命的笑颜。只是，你也要知道，遇到某些人某些事，可能总要做出重要的抉择，那么请伟大些，过得繁复些，累的时候看一本书，困的时候用胳膊肘撑起头，对生命，且行且珍惜。

夏风依旧不减炙热，偶尔还有大雨瓢泼，它们要考验的应该不止这满地的野草吧？只是，草也知道了。有时候，我们并非不坚强，我们只是逃不过宿命的枷锁，常常怨恨自己的遭遇。可是，再回望那些日子，陪伴着生命一并走过的时光，谁又能不怀念呢？从呱呱坠地开始，此后的每天，都是生命的成长。既然这样，生命本身就已经具备它的意义了，我们绝不是白白来一场的。回不去的过往，生命不必沉迷于堕落；将到来的未来，生命或将浮现出希望。但是，我若不回首，就不后悔；若不展望，就无期待。我发现，每天的日子，都是那生命在铺就着道路，所以，不需懦弱地低头，只需迈出坚实的每一步。

生命，或平凡，或艰难，或伟大，请且行且珍惜。

（姚红燕，辽宁大学文学院文艺学专业 2015 级研究生。）

逃

姜菲菲

一个人，穿着厚厚的冬装，背着傻傻的背包，走在上课的路上。左手边空荡荡的，没有牵着的手，没有挽着的臂，没有相伴的身影，没有温暖的玩笑。有的，只是萧索的寒冬气息和悲凉的孤独味道。对啊，曾经陪伴着我的你们，早已经各奔前程，散落天涯了。唉，现实总是那么残忍，在现实面前，一切都那么无力，再亲厚的朋友，再亲密的恋人，都要各奔前程啊。

离别的眼泪早已风干，但那种感觉还新鲜如昨。记得有谁说过："天下没有不散的筵席。"忽然觉得，这是多么残忍的一句安慰，就只因那不确定的明天和那虚无缥缈的未来，就要将那难以割舍的情意带着体温和鲜血硬生生从内心深处一点点撕裂。最初，总以为时间是最好的解药，能清除那一种离殇。可结果呢，那些伤口在一次次相遇、相识、相知，还有离别中结痂、撕裂，最终变得血肉模糊，一碰就痛。于是，就越来越害怕孤独了，害怕独自面对一切不愿面对的人和事。

于是，就真的想逃离，逃离这复杂的人们，逃离这繁杂的事务，逃离这让我无所适从的关系网，逃到我自己的桃源，那里不必芳草鲜美，不必落英缤纷，只需人心纯净，祥和安宁。在那里，我不必被迫学会成长，因为成长，太痛太重了。在我看来，所谓成长，就是渐渐磨平棱角，过滤掉天真，看着自己从一个有棱有角的立体的人变成人海中随波逐流的一个。那个原本的自己，被倾轧，被同化，被撕裂成碎片，你抱着那些残缺缅怀，却再也拼凑不出最初的完整的你。所以，我有时排斥长大，因为我不想变成我讨厌的那类虚伪、世故、城府极深的人，我不想弄丢我自己。或许那样的自己会受伤、会碰壁，但至少无愧于心。

　　我只想做最真实、最简单的自己，不要向现实屈服，不要弄丢自己，仅此而已。

　　（姜菲菲，辽宁大学文学院中国古代文学专业 2015 级研究生。）

体 育 迷

耿　佳

　　在我们身边有这么一群人：他们的作息不规律，经常昼伏夜出；他们精力充沛，什么时候你都感觉他们热血沸腾；他们喜怒无常，不知为何就会变得非常暴躁；你不能跟他们谈论某一项运动或是某一个体育明星，如果有可能，他们真的可以不间断地跟你讲上三天三夜……为此，人们给了他们一个称呼，是的，他们就是人们口中所说的"体育迷"。

　　我恰好就是这么一个体育迷。从我有记忆开始，老爸就经常带着我在电视机前看体育比赛：篮球、足球、乒乓球、羽毛球、排球、体操、跳水……就没有我们不看的。记得我那时候还没上学，最喜欢看的体育项目是体操。电视上有比赛的时候，我不看动画片也要看比赛。那时候小，什么事都不懂，只是觉得电视上解说的各种体操专业术语配上体操运动员刚柔并济的动作对我有一种说不清缘由的吸引。我甚至记得中国体操队男女运动员都有谁，擅长什么项目。他们的主要竞争对手我都能略知一二。要知道这对于一个还没上学的孩子——也就是五岁左右的样子，是很不可思议的。那时候还没有手机、互联网，我所知道的全部体育消息的来源就是电视。加之老爸是个绝对纯正的体育迷——他对所有的项目全部精通，甚至对每个运动员的技术特点都了如指掌，所以CCTV5是我们家最经常看的频道之一。只要CCTV5播体育赛事，尤其是有体操的时候，我就一定会看，哪怕是半夜，因此，也滋生了许多家庭矛盾。因为妈妈对体育十分反感，我跟老爸只要一把电视调到体育台，妈妈就想尽一切办法让我们换台。半夜我俩偷着起来看比赛，被她逮到过无数次。每一次我俩都要写保证书，保证我俩再也不会半夜起来看比赛，但是过一阵，我俩就又"重操旧业"。尽管每一次都冒着被抓住的风险，但我俩还是乐此不疲。毕竟对于体育迷来说，有重要比赛的时候真的什么都顾不上了。

　　我那时候喜欢体操这个项目主要有两个原因，一是出于对体操这个项目本身的热爱——它是一种力与美、刚与柔的完美结合，况且那时候中国的体操事业蒸蒸日上，有成为体操强国的势头；而另一个原因是，我喜欢那时候还略带稚气的一个体操运动员，现在说起来大家可能都认识了，就是杨威。一般说来，喜欢一个体育项目久了，总会有自己喜欢的运动员或是球队，我也不例外。从杨威初出茅庐到成为世界冠军，我有幸见证了整个历程。这期间跨越了十来年的时间。杨威没有特别擅长的项目，但也没有什么短板，这就为他练个人全能打下了很好的基础。从 2000 年到 2004 年，在世界杯、世锦赛等一系列重大赛事中，他都有不俗的表现，但很多时候都以微弱的劣势屈居亚军，这让他有了一个绰号——"千年老二"。在这期间他离世界冠军最近的一次，当数 2003 年的美国世锦赛。那时候，俄罗斯老将涅莫夫已经接近职业生涯的晚期，个人全能的实力有所下降，而其他国家的个人全能选手尚未涌现出具有夺冠实力的，这无疑是杨威最好的机会。但让所有人没想到的是，半路杀出一个年轻的美国选手保罗·哈姆，在最后一项单杠——杨威的强项上，保罗·哈姆以 0.046 分的微弱优势战胜了杨威，获得了体操世锦赛男子个人全能的冠军。比赛结果出来后，杨威面对媒体的镜头终于坚持不住，泪流满面。而我在电视机前，也只能遗憾地叹息。

　　但努力总会有回报的，不是吗？2008 年迎来了中国的奥运年，如果能在自己的家乡夺得自己梦寐以求的奥运冠军该是多么大的荣耀啊！但那时，杨威已经二十八岁了。喜欢体育的人大都知道，这个年龄对于一个普通人来说，是大展宏图、风华正茂的年纪，但对于一个运动员，特别是一个体操运动员来说，已经是"高龄"了。我那时心里有一件事再明白不过：不管这次比赛的结果如何，杨威十有八九都会退役。所以对于他夺冠，我心里比平常期待得更多，相信他自己也是一样。先是体操男子团体决赛中中国队时隔八年再次夺冠，随后迎来了我最想看到的结果——杨威终于在家门口夺得了奥运会男子体操个人全能的冠军。颁奖仪式开始，伴随着国歌熟悉的旋律，我终于控制不住，在电视机前哭得停不下来。这些年的付出，这些年的不易，我都看在心里。而我，也由一个刚上学的小孩儿成长为一个即将步入高中的少女，那是我少年时代最深刻的体育记忆了。

　　杨威和其他中国体操男团核心成员退役后，我几乎再也没看过体操。几年过去了，虽然中国还是体操强国，但时过境迁，总感觉那种情怀不在了。他们的退役好像把我的心也一起带走了。很长一段时间，我"迷失"在体育世界里——什么项目都是路人粉，体育新闻也天天看，但却没有一项特别喜欢，尤其是喜欢到每一项重大赛事都要熬夜看的体育运动了。直到2012年澳大利亚网球公开赛，一切才慢慢有了变化。

那是男子单打上半区的1/4决赛，纳达尔对伯蒂奇。在那之前对于网球，尤其是男子网球，我只是一知半解。除了几个像费德勒、纳达尔这样的大咖我知道名字以外，我甚至连一场正式的比赛都没完整地观看过。2012年的澳大利亚网球公开赛，CCTV5破天荒地从第一轮就开始播。那时候我正在放大一的寒假，自然有时间关注。那场比赛的具体细节我记不清了，我只记得有一个球员拼命地在球场上奔跑，从底线到网前，他的手是那么灵活，一用力就能打出一记制胜分，明明是处于被动的防守，他却一板就能由守转攻……坚定的眼神，淡定的表情，让我一下子就喜欢上了他。没错，他就是纳达尔。那时候他已经拥有多座大满贯的奖杯，也保持着完成金满贯伟业最年轻的纪录。就是这场比赛，让我入了"坑"，一直到现在，越陷越深。

从我喜欢上纳达尔开始，最艰难的时候怕是2012年温网"一轮游"后长达七个月的休赛期了。那时候豆子（因纳达尔的英文发音谐音纳豆，球迷亲切地称呼他为"豆子"）的膝盖终于不堪重负，做了手术。所有的人，都说他不会回归了，即便是回到赛场，也难有所作为了。在复出首战的比赛中，他在最擅长的红土场地上输给了世界排名一百多位的选手，媒体唱衰的声音更是愈演愈烈。可是他用实力在2013年赛季剩余时间打了所有媒体的脸——他拿了十个冠军，甚至，还包括两座大满贯。2013赛季结束，豆子拿到了年终第一和最佳复出奖。那时，我心里冒出了一个特别极端的想法，就是豆子马上退役，我都没有遗憾了。

话虽这么说，可是谁都不愿意看见自己喜欢的运动员退役，科比的球迷也是。北京时间2016年4月14日，科比赢来了职业生涯的最后一战。他全场拿下了60分，表现堪称完美。当时有一句话在朋友圈里疯传："即使出现第二个科比，我们也没有第二个青春去追随。"事实上，不单单是科密对科比的退役感到遗憾，甚至科黑都感到可惜。我有一个朋友这么写道："看球十二年，错过乔丹，却遇上了最好的'西科东艾，北卡南麦'。我会怀念黑你的日子，但是今天我们都是科比。完美的告别。谢谢，科比。再见！"她甚至还把头像换成了科比。体育迷就是这样，不管是粉丝抑或是黑粉，总是为英雄迟暮感到惋惜。

提到英雄，中国体育界有三个人不得不提起：姚明、刘翔还有李娜。2015年冬奥会申办的时候，三人一起出席活动，有网友评论说："三个人，三个时代。"他们当初带给我们的感动，你们还记得吗？我都还记得，不仅记得，甚至，历历在目。尽管新生代已经开始崛起，可是我对他们，还是固执得不愿意忘记。

体育对体育迷来说究竟意味着什么？我想，它不仅仅是一种爱好那么简单。当国旗在最高点升起，当国歌在耳边奏响，它承载的是国家的荣誉。赛场上奋力拼搏的运动员，他们的勤奋、坚忍，承载的是一种执着的信念。曼德拉曾经说过，"体育有改变世界的力量"。它有时让你感动，有时让你遗憾，有时让你欣喜若狂，有时又让你热泪盈眶。而一个体育偶像承载的也绝不仅是青春、荣耀那么简单。一个体育偶像的退役，甚至可能意味着一个体育时代的结束，一种体育情怀的终结。曾经让我们热血沸腾的比赛，我们如今可能不愿再提起；曾经彻夜不眠的狂欢，我们可能再也不会经历；曾经让我们热泪盈眶的那些遗憾，也成了最美丽的回忆。我享受体育带给我的这些瞬间，也心甘情愿做这么一个体育迷。我喜欢体育给我带来的这种不安的躁动，让我永远年轻，永远热泪盈眶。

（耿佳，辽宁大学文学院汉语言文字学专业 2015 级研究生。）

越长大越孤单

姜菲菲

"我一个人吃饭，旅行，到处走走停停，也一个人看书，写信，自己对话谈心。可只是心又飘到了哪里，就连自己看也看不清……"

人大多不喜欢自己的现在，喜欢的是过去，当失去了，错过了，再回不来了，才知道，是真的喜欢，真的爱恋。时间轰轰烈烈地跑过去，带走一切，改变一切，我伸手企图抓住点滴，却发现留在手里的只是些支离破碎的东西。人们总是习惯遗忘，只有我把自己锁在思念的空城里。有时，明知思念是没有栅栏的痛，却还固执地找寻通向你的门。然后，任这思念在时间中疯长，长成缠绕的藤，爬满我荒凉的额。

现在的我，总是不经意地想起你们，因为有你们，一切都成为我思念的导火索。记得那时的我们，站在一起像一株株白玉兰，大朵大朵地绽放开来，便是一个粲然的春天。可是现在呢，"花谢花飞花满天，红消香断有谁怜"呢？散落天涯的我们，又有谁会留恋那个小小的地方，留恋曾经在那儿相识相守的人呢？光阴流转，谁无悔着谁的执着，谁苍老了谁的等待，谁又疼惜着谁的思念呢？

我站在时光的路口，转首回眸，回眸你们渐行渐远的背影；侧耳谛听，谛听你们轻踏心径的幽幽跫音。可是，这样一下下用力将我的心割着的往昔，再怎样挽留，还是像一枚硬币，叮当投进时间的河流，便再无拿回的可能。而我所能做的，只有将那枚硬币拾起，不再交付给冲刷一切的时光。那些过往的回忆像削下的苹果皮，依然残留着最初的味道，或浓或淡，只是因为时间的逝去，它们发黄了，失去水分了，凸显着岁月的沧桑和无奈。

其实，我知道，从来风花雪月无常，可我却不能笑着遗忘。是从什么时候开始，我们的周围都被画上了界限，再想靠近，却无法完全占领对方的城池。只能在小小的界限外，相互观望着彼此心疼。现在的我，依然不会轻易流泪，因为我知道，我不勇敢，没人替我坚强。况且，你们走后，我的眼泪还能落入谁的眼中化成伤呢？现在的我，还是很爱笑，但是，我并不是真正的快乐，我的笑只是我穿的保护色。我也知道，你们有你们的生活，可我还是会因我的缺席而落寞。我这里天气挺热的，你那里呢？我这里世界很静的，你那里呢？我总是笑得好落寞，那你们呢？我不相信睹物思人的后半句永远是物是人非，可我又那么害怕曾经植入骨血的亲密会变成日后两两相忘的冷漠。

唉，越长大越孤单，越长大越不安，也不得不打开保护自己的降落伞，忽然间明白未来的路不平坦。我知道生活是难以捉摸的，以粗鲁的姿势把我们从单纯的信仰中不容分说地剥离出来，任时间残酷地削平我们青春的棱角，任我们变成面目模糊的家伙。真希望可以永远长不大啊，那样就可以在单纯的小时光中拥有简单的小幸福了。

其实，我知道，我只是在写我一个人的情绪，抒我一个人的感伤。

（姜菲菲，辽宁大学文学院中国古代文学专业 2015 级研究生。）

第三章

书香乐影

所有的大人都曾是孩子

刘　畅

　　"所有的大人都曾经是个孩子，尽管很少有人意识到这一点。"这是《小王子》的作者在书前的一句寄语。这本书的独到之处便是用孩子式的纯真眼光为我们展示了一个不一样的世界。

　　曾几何时，我们"总角之宴，言笑晏晏"，而今在不知不觉间，却已然成为别人眼中的大人。曾经的我们"小时不识月，呼作白玉盘"，曾经的我们总爱问地球为什么是圆的，可要么被大人们胡乱搪塞过去，要么被书上的寥寥数语阻滞了思考。渐渐地我们不再问为什么，渐渐地我们不再思考，渐渐地我们只是麻木地看着课本上墨守成规的答案，机械地学着那些所谓的有用的东西。就像《小王子》中的大人们将"我"画的蟒蛇吞象的图画视为一顶普通的帽子，劝服"我"最好在地理、历史、语文、数学上面多下功夫。"我"便再也未曾画过画，为谋生计当了一名孤独的飞行员。

　　我们学会了用便捷的方式获取答案，学会了用精确的数字来衡量一切，却没能学会怎么样在浮华的人世中保持住自己最初的那份纯真。我们已经习惯了那种所谓大人式的思考方式，从而忽略了自己内心的声音，也忽略了身边的风景。我们未曾看过四十四次的日落，未曾听到过水井中荡漾的歌声，未曾有一次说走就走的冒险，也未曾愿意花时间去驯养一朵花或者一只狐狸。小王子完成了我们曾经想做甚至从未想过的事。他的纯洁、执着，他的刨根问底，他的冒险精神，他的天马行空都深深触动了我，让我想起了自己那些未完成的幻想过的梦。

"真正的问题不在于长大，而在于遗忘。"我们都曾是孩子，我们其实从未失去过自己的童真，它只是被我们遗忘在了成长中的某个时间点上，被湮没在了物质生活的洪流中，它只是一不小心蒙了尘。如果我们愿意去理解一下花朵辛苦长出刺的用意，而不是照搬生物学中枯燥的知识；愿意将目光投向列车窗外的风光，而不是紧盯着手机里的那片狭小天地；愿意给自己的星球认真梳妆打扮，而不是永远不满意自己所处的地方，我们会感受到诗意并不仅仅是在远方，天马行空也不仅仅是属于孩童，成人的世界也并不是只有金钱和利益。

如果有人告诉你他看到一座红砖盖的漂亮房子，请不要问他多大的房子，记得问他屋顶是否有鸽子，屋前是否有向日葵；如果有人告诉你他交到了新的朋友，请不要问他这位朋友的职业与年龄，记得问他的朋友是否会收集蝴蝶标本，是否喜欢看日落；如果有人告诉你他寻到了一处美景，请不要问他距离多远，记得问他是否有小溪在唱歌，是否有鸟儿在嬉戏。

每个大人都曾是孩子，有时候我们可以试着用孩子的眼光来看待问题，没有所谓的利与弊，只是单纯的开心与不开心，喜欢与不喜欢。或许，此时你眼中的世界会有别样的风采。

（刘畅，辽宁大学文学院汉语言文学专业 2016 级本科生。）

扯

张永杰

在一片阴暗的都市废墟中，墨菲斯向尼奥解释了人类为何遮蔽了天空。刚从母体中解放出来的尼奥显然不能接受世界的现实，他愤怒地后退，高喊着"Stop"，拒绝着面前的一切。用我们当时的话说，《黑客帝国》都是扯淡！但2012的传说似乎不是扯淡。一个月中有二十几天不见太阳，灰色的雾气笼罩着大地。

宫崎骏《风之谷》中的大地即将被腐海吞没，毒气在空中蔓延，巨大的昆虫占据着世界，人类陷入了无休止的战乱和掠夺，只有居住在风之谷中的人们依靠着海风的庇佑过着宁静的生活。多鲁美奇亚王国派遣军的女指挥官库夏娜试图复活巨神兵，依靠其威力巨大的光与火的毁灭力来彻底消除腐海和昆虫的侵袭，但在庞大浩瀚的王虫群面前，人类的军队根本不堪一击。谷中的老人对库夏娜说："太多的火是没什么好处的，将森林化为灰烬只要一天，但用水和风培育出茁壮的森林却要一百年。我们宁愿选择水和风。"

瘦弱却坚强的小女孩娜乌西卡公主用她对自然万物的怜悯和爱拯救了世界。她粉红色的外衣被王虫的血液染成了蓝色，在王虫金色触角的簇拥下在高空中张开双臂，如同圣母般充满了神性。那是虔诚的犹巴老师和风之谷中具有先知能力的老太婆用毕生追寻的古老传说：一个身穿蓝色长衣的人，飘然降临在一片金色的大草原上，身系着即将失落的大地的羁绊，最终带领人们走向湛蓝清静的地方。

2013年1月23日，地震的几十秒里，人在大地愤怒的时候弱小得如一只蚂蚁。人如果毁灭于自己辛辛苦苦创造的文明世界中，那实在是一个讽刺，但如果不意识到自己栖居于大地的真实，再继续沉迷于这样与那样的破坏与掠夺当中，那我们注定会失去蓝天、绿叶和水这三件最美丽的东西。

（张永杰，辽宁大学文学院文艺学专业 2014 级博士。）

剪 爱

姜菲菲

　　"把爱剪碎了随风吹向大海，有许多事，让眼泪洗过更明白。天真如我，张开双手以为撑得住未来，而谁担保爱永远不会染上尘埃……"有没有那样一首歌在无眠的夜以单曲循环的形式陪你的眼泪过夜？用她的旋律，她的故事，触动你内心最脆弱的神经。

　　那天老师说我们这一代都患上了情感营养不良症，感情很匮乏，对什么都很冷漠，对什么都无所谓。有时我会想，要是有一天真的变得毫无知觉，那会不会是另一种温柔的慈悲呢？那样会不会也是另一种放下？会不会也是另一种完满？那样会少很多对月独酌，对花流泪的孩子吧？那些孩子，心若琉璃未经尘，一点点温暖，一点点靠近，就会把盔甲放下，把心交付于你。在你靠近时，拔掉浑身的刺，纵使鲜血淋漓，也不愿刺伤你。或许有时，正是因为太有所谓，才选择了无谓吧。

　　有时，那些孩子脆弱得禁不起触碰，一点点伤害，一点点疏离，便会把她摔成碎片，再也不能拼贴完整。那时，她会装作没事的样子，继续傻笑着过活，可那笑容只是为了掩饰落寞。她一直向往做一株向日葵，永远向着太阳生长，给自己无限正能量。殊不知她装点的是别人的风景，勉强的是自己的心。她不想别人担心，便习惯逞强，永远一副有护体神功百毒不侵的样子，久而久之只是骗了别人，苦了自己。怎么办呢？没人在乎只能自我逃避了吧。于是，她选择了黑夜，在夜的幕布下，卸下伪装，翻检伤痕。她缩在角落里，抱着自己，戴着耳机，听别人的故事，流自己的眼泪。然后哭着哭着就累了，累着累着就睡了，睡着睡着就进入了纷繁的梦境，那里依然狼藉一片，锥心刺骨。于是她又带着心疼惊醒，看着被泪水打湿的枕头，她有些自虐地弯起嘴角，心想：真好，这些狼狈没有被别人看见，否则只能再次刺痛了自己。

"把爱剪碎了随风吹向大海，越伤得深越明白爱要放得开。是我不该，怎么我会眷着你眷成了依赖，让浓情在转眼间变成了伤害……"哀伤的旋律在耳边回响，忧伤的情绪在心底蔓延，有谁知道明天会不会是美好的一天呢?

（姜菲菲，辽宁大学文学院中国古代文学专业 2015 级研究生。）

旅　途

赵　荣

"阴天，傍晚，车窗外，未来有一个人在等待……"这是孙燕姿的一首歌——《遇见》。每当我独自静默时，它那轻松的旋律就会回荡在我的耳畔，伴着我的思绪飘向远方。随着落叶一片一片婀娜地飞舞，音乐一遍一遍简单地重复，岁月一点一滴无声地流逝，思念一丝一缕地缚成蛹，偶尔我会思索记忆里剩下哪些回忆，未来又在等待着遇见什么。

在我们的人生旅途中，总有些不期而遇的人，总有些闪烁迷人的霓虹，总有些醉眼迷离的风景，总有些悦耳动听的歌曲。或许在某一时某一刻，它们曾经感动过你，拨动你内心深处的琴弦。搭上开往幸福的旅车，经过人来人往的驿站，告别擦肩而过的路人，回首那些曾经给予我快乐和幸福的人，那些与我共同走过风雨路程的人，那些曾经带给我伤痛与烦恼的人，会成为我们生命中最美最绚丽的一道风景，镌刻在我们人生的笔记本中。

"天上浮云如白衣，斯须改变如苍狗。"回首向来萧瑟处，泪眼已模糊。我不知道我在下一站会遇见怎样的人，但是对于生活总是充满好奇和希望。

"未觉池塘春草梦，阶前梧叶已秋声。"对于每个人来说，那些年的时光，只能留下来慢慢咀嚼；青春的童话，也不会在我们的生命里演绎。摘下所有真诚与祝福的果实，装进行囊，送给每一个与我们同行的人，愿人生的旅途不再孤单。

（赵荣，辽宁大学文学院中国古代文学专业 2014 级研究生。）

马克图布

苏小苗

　　人生短暂，你总会在千万本书中不经意间遇见几本让你想要一读再读的书，就像你最终会在茫茫人海中遇到你心目中的那个人。我特别喜欢听不同故事，每当遇到一个人，便会聆听他的故事，有欢喜，有悲伤，可能会平淡，也可能会是轰轰烈烈。因此我总是把每一本书当成故事来品读，品各种不同的风景，不同的人生。

　　我们在人生的道路上不断地行走，不断地寻找，不断地跌倒，又不断地爬起。真正知道自己前进目标的有几个人，真正实现自己目标的又有几个人。多少人的梦想还没开始就已经破灭，又有多少人在前进的路上跌倒后就再也爬不起来了。我们在庸庸碌碌的生活中，不断地被别人和自己询问，你的梦想是什么？你将来想要做什么？

　　曾经看过一本《牧羊少年奇幻之旅》，里面的牧羊男孩给了我很大的启发。作者直白却又不乏趣味地讲述着道理。牧羊男孩的寻找财宝之旅，充满了危险，充满了诱惑，也充满了关爱。在我看来，少年最勇敢、最让人钦佩的地方，就是当他决定要放弃牧羊群准备寻宝之时。能在人生关键的时刻做出决定和选择的人是值得敬佩的。牧羊男孩为了不知道能不能实现的天命，舍弃了已经习惯了的安逸生活，踏上了未知的征途。做出决定仅仅是一件事情的开始，当一个人做出决定时，实际上他就已经身处一股洪流中，这股洪流把他带往一个从未到过的地方。

　　每个人都有自己的天命。在生命中，一切都是有可能的，一切都是崭新的，一切都还未开始，我们敢于去追寻自己的天命。但是随着时间的流逝，有一种神秘的力量开始试图证明，天命不可能实现。这种神秘乍看起来是不现实的，但却在教导我们如何实现自己的天命，它会锻炼我们的精神和砥砺我们的意志。这种神秘的力量就是牧羊男孩在丹吉尔遇到的小偷，遇到的水晶老板，遇到的商队，遇到的炼金术士，遇到的深爱的女人，甚至是他自己的心灵。小偷让男孩一无所有，几乎给了男孩致命的伤害，他让男孩有过放弃的念头；水晶老板让男孩知道了"马克图布"——命中注定；炼金术士使男孩知道了世界的语言，这是一种热情的语言，它让你了解自己的天命，让你了解世界万物；男孩的心灵告诉他，心灵永远不会忘却自己的使命，它会在男孩屈从时鞭策他，鼓舞他，从而使男孩不断前行。

牧羊男孩完成了他的天命。我看到了他命中注定的磨难，我看到了他命中注定的关爱，我看到了他命中的光芒。是的，我看到了他完成了他的天命。

每个人都有自己的"马克图布"，希望你知道，生活中的事情瞬间就会发生变化，我们要勇敢地抉择；希望你记住，永远都该知道你想要什么；希望你相信，当你全心全意期望得到某种东西时，整个宇宙也许都会协力帮助你；希望你明白，生命本就注定如此。希望你也能完成自己的天命。

（苏小苗，辽宁大学文学院语言学及应用语言学专业 2015 级研究生。）

青春盛宴，泪流满面

——观《致我们终将逝去的青春》

李春雪

《致我们终将逝去的青春》（以下简称《致青春》）是由赵薇导演的一部青春怀旧片，这也是赵薇导演的处女作，影片改编自辛夷坞的同名作品。

有人说："如果电影是一把刀的话，被雕刻的就是我们曾经流逝的时光。"这句话用在《致青春》上再合适不过了。"正如故乡是用来怀念的，青春是用来追忆的，当你怀揣着它时，它一文不值，只有将它耗尽后再回过头来看，一切才有意义。爱过我们的人和伤害过我们的人，都是我们青春存在的意义。"这正是《致青春》想要表达的对于青春的理解和追忆。青春就像是一场盛宴，不可贪婪，它只能有一次，盛宴过后，我们泪流满面……相信青春已逝的人都会有这样的悲怆的感慨。青春，如一个有千金之重的巨大的车轮，在我们每一个人的心上重重地碾过，留下一道深深的车辙，这样刻骨铭心的记忆，抹不掉了……

"青春是一场远行，回不去了。"三毛曾说："人之所以悲伤，是因为我们留不住岁月，而更无法面对的是有一日，青春，就这样消逝过去。"青春的可贵之处，正是在于它的不可复制，不能重来。郑微和陈孝正的青春是这样，阮莞和赵世永的青春是这样，我们的青春都是这样，它太过让人心动，也太过让人心痛。在这场青春的远行里，我们都拥有最美好的年纪，最灼灼的芳华，最单纯的心地和最懵懂的悸动。还记得郑微打电话时说的那几句话："我想知道，要是我每天都想着一个人，白天想，晚上做梦也老梦见，明明很讨厌他，但是偏偏很想见到他，一见他整个人的神经都绷了起来，跟他作对也觉得很开心，但是看见他和别的女孩子在一起，就说不出的难受，就连我的好朋友劝也不行。我讨厌他，却不喜欢他讨厌我，他说我很烦的时候我很想哭，我想问一下，我究竟是怎么了？"这样朴素而真实的感觉，这样逃不开的矛盾与纠结，是只有在那个年纪，那个被唤作青春的岁月里才会有的，以后或许都不会再有了。在影片中，我们看到那样一个敢爱敢恨、心思单纯、执着追求梦想的"玉面小飞龙"郑微，看到过外表孤傲冷峻、却最后被郑微"降伏"快乐度过大半个青春的陈孝正，她与他，在那段青春岁月里是真切地全心投入地爱过的。相信在那段流年里，他们眼中的世界必定是无比温柔而可爱的，有最纯净的天，最轻柔的云和最温情的人间。这是专属于他们的世界。就是这样的青春，这样一场动人的远行，却再也回不去了。直到多年以后，才会明白拥有青春是一件无比奢侈的事，但庆幸的是，我们曾奢侈过，不幸的是，我们永没有机会再奢侈一遍，只因青春是一条顺流而下的河……

"青春是场相逢，忘不掉了。"我始终相信一句话，世间所有的遇见，都是久别重逢。要遇见的人，无论如何闪躲，最终要遇见的，颇有些"命里有时终须有"的味道。我是深信这种美丽的说法的，它并不是毫无用处，至少，它可以是对得与失、是与非的一种微妙而不必太刻意的豁然解读。就像郑微与陈孝正的相逢，遇见了，就是要有些故事的。忘不掉的青春里，不仅是因为有你，而且也有一个令自己怀想的自己。《那些年，我们一起追的女孩》里有这样一句台词："谢谢你喜欢我，我也很喜欢当年那个喜欢你的我。"这样有意味的话，陈孝正也曾表达过。他曾对郑微说过，和她在一起之后，他再也不是原来的自己了。而在影片的后半段，当陈孝正从美国学成归来，再遇见郑微时，也曾这样心酸地倾诉道："我甚至觉得自己是一只爬行动物，只有和你在一起的时光才是直立行走的。"或许有一些人从陈孝正身上看到过自己的影子。缅怀青春的意义，不仅在于缅怀那段不能重来的岁月，更是缅怀那段岁月里不能重来的自己。青春这场相逢里，总会存留些永恒的记忆，放得下，却忘不掉，或许多年以后所有的记忆都变斑驳，唯有青春的记忆，永垂不朽。

"青春是场伤痛，来不及了。"或许整部影片最想表达的是这一重要意义。在辛夷坞作品中，有这样一段话："她如何能不爱，感情不是水闸，说开就开，说关就关。那场感情，她豁出了自己，一丝余力也没有留下。而他是在她最快乐的时候骤然离开，中途没有争吵，没有冷战，没有给她机会缓冲，让热情消散，如同一首歌，唱到了最酣畅处，戛然而止。"是啊，陈孝正的人生是一栋只能建造一次的楼房，他必须让它精确无比，不能有一厘米的差池。这是否就是生活的无奈，命运的戏弄？他只能牺牲掉她，而郑微的伤口溃烂到何种程度，也是他无法感同身受的。青春，不只是一场普通的雨，有时它是一场夹杂着利剑的雨。这场雨，不仅淋了身，湿了衣，更痛了心。这样的伤痛不仅降临到了郑微身上，也降临到了阮莞身上。阮莞，这个对爱情坚贞不渝、痴心不改的女孩，她的青春是属于赵世永一个人的，甚至她的生命都是属于他的。阮莞的死是极富寓意的，她奔跑着去见青春时的爱，在遇见红灯的时候转身回跑，生命戛然而止。她"死在青春永恒的时候，也死在寻爱的路上，死在遇见红灯转身回跑的时候"。难怪郑微会在她墓前说只有她的青春是永不腐朽的。都说人生没有彩排，所以有些事我们来不及准备，来不及预防，也来不及躲避。在跌跌撞撞中，我们不得不学会成长。

也有一种青春，是像张开那样的卑微的青春。就像满天星的花语一样，面对阮莞，他甘愿做爱情的配角。没有人知道，他一直是爱着阮莞的，这是他一直死守着的、永远不会言说的秘密。在青春这场大雨里，或许他才是被淋得最彻底的人。一个人，就这样怀揣着那份隐忍与等待，等待一个明知不会有结果的结果。突然想起了《失恋 33 天》里的一句话："爱，就疯狂；不爱，就坚强。"张开既不属于前者，也不属于后者，因为他爱着，并且坚强着。他冷静，有着如同静水深流般的爱的方式，而这一点是明显区别于施洁的。施洁对林静的爱是疯狂的，偏执的，从拥有青春到失去青春，她对他的爱是烈到骨子里的。这一点，剧中的任何人都是比不上的，而剧外的我们或许也是比不上的。只可惜，她没有在对的时间遇到对的人，她用青春换来的爱情终究烧成了灰烬。然而在爱情里没有谁对谁错，只有心甘情愿……影片中有这样两处细节，原来陈孝正是最讨厌吸烟、最爱干净的，在花坛边坐下时都要把书垫在屁股下面，后来我们看到他不仅学会了吸烟，而且穿着雪白的裤子直接坐在脏兮兮的台阶上，真的好可笑，一个人最后竟会变成他曾经最反感的样子。在我看来，这是对青春另一种形式的褒奖，而在以后的现实中，在无可抵挡的压迫中，谁不在挣扎与徘徊？谁不在纠结与无奈？只有那段青春是纯粹的，是透明的，无论是笑与泪，苦与甜，欢乐与伤痛，都是我们每一个人的专属记忆，尽管它是一道明媚的忧伤。

饶雪漫说："我常常在思索我们的青春，它真是一个奇形怪状的玩意儿，短短的身子偏偏拖了一个长长的尾巴，像翅膀一样招摇着，久久不肯离去。"是啊，青春就是这样，虽然只是刹那芳华，而这刹那的美丽足以让我们留恋一生，怀念一生，或许这正是《致青春》的意义，在观影过后，怀念属于你我各自的青春。

（李春雪，辽宁大学文学院汉语言文学专业 2014 级本科生。）

凡人田润叶

刘　洁

从小到大有两则关于爱情的故事，我的印象最为深刻。

一则说的是一个女孩途经一个路口时，遇到一群聋哑孩子向她问路，女孩曾经学过一点手语，便为孩子们指了路。后来孩子们的老师—— 一个帅气温柔的男孩来向女孩致谢，两个人依然用手语交流。他们一见倾心，彼此交换了联系方式。当然，两人依然仅限于文字交流，彼此都以为对方是聋哑人。就在这时，女孩的母亲给女孩安排了一个完美的相亲对象，女孩妥协了。虽然她很爱男孩，但她还是对男孩的聋哑人身份心存芥蒂。当天晚上，男孩却对女孩告白了。他说，他不是聋哑人，只是在聋哑学校教书。他说，他喜欢女孩，从第一眼开始就喜欢上了，因为她是那么善良。他说，他不介意女孩是聋哑人……女孩哭着拒绝了，因为她觉得男孩的灵魂如此纯洁，自己在他面前却那么渺小。

另一则讲的是一个做白领的女孩一直暗恋自己的上司——她心中的百分百优质男青年，但她从来没有对他表示出自己的喜欢，因为觉得自己不够优秀，踮起脚，也无法与他比肩。她只有默默地努力，等待自己不再苦苦仰望他的那天。一天，男孩邀请女孩去他家做客，女孩没有想到男孩家如此零乱，她多么想为男孩收拾家务啊！但心里深深的自卑缚住了她的双手，她不愿在男孩面前表现出哪怕一丝丝的卑微。没过多久，男孩结婚了，新娘是女孩的同事，职位远远低于女孩。新娘一脸的甜蜜，说那天她去男孩家拿文件，看到男孩家客厅有些乱，便帮男孩收拾起来，幸福就这样降临。原来，男孩是故意把家里弄乱的，他需要的是一个持家的妻子，从来不是一个女强人。

读这两则故事的时候，我还在念中学，那时的自己看问题黑白分明，很是绝对，所以对故事的结局一直耿耿于怀，执拗地想：故事里的男孩女孩明明彼此相爱，为什么没能在一起？

现在，我想自己是懂了一些，悲剧的症结也许在于——故事一的女孩觉得自己不够善良，刹那间灵魂上的污点遮盖了她的幸福；故事二的女孩不够勇敢，一个人苦苦地追逐最终还是没能赶上岁月的脚步。所以，我喜欢润叶，《平凡的世界》里的田润叶。在我心里，她是一个勇敢又善良的女孩。

古老的黄土地流传着一个同样古老的传说。这是一则美丽而凄婉的爱情故事。故事里的神女爱上了农夫，为了和心上人厮守在一起，延误了回天庭的日子，最后惨遭天谴，神女化成了一座山，农夫的眼泪流成了一条河。

田润叶是听着这则故事长大的，同她的少安哥哥一起长大。

她从来不是自视甚高的女孩。虽然她是村里一把手的女儿，他是贫农子弟；她在城里接受良好的教育，他初中毕业就回家务农；她是公干教师，他是地道的农民……但她从来不把这些看作是横在她和孙少安之间的沟渠。

是啊，神女尚且能够爱上农夫，凡人田润叶为什么就不能爱孙少安呢？

原西河畔，春波碧草，她勇敢地向他倾吐心事。他许是懂了，许是不懂。两人青梅竹马，两小无猜。属于他们二人的美好回忆像春天的马兰花，一朵朵，一簇簇，蔓生了整个河堤。但他不能回应她什么。十几岁就挑起家庭重担的他是清醒的、理智的，一切只能到此为止，他深深地明白。

为了让她走好自己的人生路，他甚至安排起自己的婚事来，娶了一个山西姑娘。润叶啊！少安只能默默地给你一个庄稼人的祝福。

原西河水静静地流淌，马兰花馨香依旧，润叶坐在原西河边的草坡上，心里依然是寒冷的冬天。

狠心的少安！幸运的山西姑娘！

少女田润叶和少年孙少安渐行渐远，再也回不到从前了。

善良的润叶，即使在如此晦暗的日子里，她依然像一缕阳光为身边的人带去光亮。后来她嫁给了李向前。但她始终走不出初恋的魔咒，心心念念的只有孙少安。

她无法背弃自己的心，跟一个自己不喜欢的人同住在一个屋檐下。虽然两人结婚了，但她和向前仍长期分居两地。

这时的她只顾自己的痛苦，反反复复地咀嚼着，从来不去想向前的痛苦。

遇见她的那一刻，向前真正感受到何谓幸福，他的不幸也正是从那时开始的。几年婚姻，他从妻子那里得到的只是几记响亮的巴掌。滴酒不沾的他开始酗酒。一个人，把车开到旷野里，一边喝酒，一边流泪。日渐苍老的父母劝他离婚，他不为所动。他只爱田润叶，从遇见她的那刻开始，也将随自己的生命结束。

他没有死。对酷爱开车的他来说，双腿截肢是比死亡更大的灾难！两股泪水从眼眶里流出，这次，他准备放手了，他再也看不到自己和润叶的未来。这时，有人小心地帮他揩去眼角的泪，他睁开双眼，妻子润叶像一位天使一般款款降临他的病榻前。

"灾难既然发生了，就按发生了来。"她轻轻地说。

她开始全心全意地照顾这个男人，爱这个男人。这场灾难，到底是不幸，还是幸呢？

也许，正如《平凡的世界》作者路遥所说："真正的爱情不应该是利己的，而应该是利他的……一种真正美好的感情，像酒一样，在坛子里藏得越长，味道也许更醇美。"

总之，喜欢润叶这样的女孩，勇敢而善良。

对于少安，她勇敢地祖露过自己的心意，不去打扰他的幸福；对于向前，她勇敢地承担起妻子的责任，渐渐地对他萌生爱意。凡人田润叶最终收获了凡人的幸福。

我想，我们也都是凡人。

（刘洁，辽宁大学文学院中国古代文学专业 2014 级研究生。）

该是时候

刘 洁

朋友在念初中时就在心中刻了一个男孩的名字，偷偷地打了粉色的结。

初中，高中，大学……将近十年过去了，她的心依旧如初见时纯粹美好，只是十年之后等来的却是他与另一个女孩的婚讯。

谁说过，如花美眷，似水流年。有时候，岁月教会我们，有些等待根本不值得等待。

前不久，看了新海诚导演的《言叶之庭》，满满的感动。动漫讲述了一段极干净美好的师生恋。二十七岁的雪野老师和十五岁的孝雄同学在一个湿漉漉的下雨天相遇，两颗心跨越了年龄、职业等距离渐渐靠近，从此雨天成了他们共同的期盼，就如孝雄的独白——每晚临睡前，每天睁开眼的瞬间，不知不觉，我都在祈盼雨天。

雪野说："隐约雷鸣，阴霾天空，但盼风雨来，能留君在此。"

孝雄答："隐约雷鸣，阴霾天空，即使天无雨，我亦留此地。"

哈代曾经说过："呼唤人的和被呼唤的很少能互相应答。"像他们这样，能拥有一份默契，着实令人欣羡。所以，不论结局如何，我想他们的相遇总归是美好的，至于令雪野受伤的那个男人根本就无法与孝雄相提并论。

在我看来，雪野是幸运的，她遇到了孝雄。雪野同样应该拥有这份幸运，因为她是那种始终怀有一颗赤子之心的女子——"二十七岁的我丝毫不比十五岁时的我聪明，只有我，一直停留在原地。"雪野的这段独白哀怨又纯美，仿佛动漫里反复渲染的下雨天，潮湿而清新，落在心头，拂之不去。

朋友也是幸运的，她遇到了她的那个他。相识十几天之后，她勇敢地接受了他的告白。我知道她是幸福的，因为我相信在那个叫作幸福的天平上，十天远远重于十年！

于是想到海岩的《一米阳光》，川夏在临死前留下一张字条："七年比不上三天，这一刻，我是幸福的。"她与年良修相恋七年，最后也只得惨淡收场，倒是相识三天的小武真正让她体会到何谓幸福。

幸福到来与否，从来与时间无关。女孩的爱情向来如此。不过，我想，川夏在坠崖的瞬间对小武是心存缺憾的吧！因为她还不曾回报他。

女孩子的喜欢有时含有报恩的成分。当被问及以后会选择自己喜欢的还是喜欢自己的共度一生时，大部分的女孩都会选择喜欢自己的。一个人对她好，她就会不自觉地对那个人好，可能喜欢上他，甚至托付终身。所以，对于董西厢中莺莺对张生的以身相许含有报恩的因子，我并不觉得有什么偏颇。反面教材还有白乐天的《井底引银瓶》，古往今来，像这般"为君一日恩，误妾百年身"的惨剧如恒河沙数，不胜枚举。

女子就是这样痴，这样傻，只因她们生来是女子。女子认定了一个人，就是认定了一辈子。

朋友说，当遇到生命中的那个人，原先设定的条条框框一下子变得黯淡。他，便是他；他，只是他。且不论他这个人如何如何，他出现在对的时间。这一点，已然足够。

我想，等待中的女子大抵如此。当恋爱恐惧症深入骨髓，当拒绝变成一种习惯，也许正如童话《睡美人》里那个沉睡百年的女子，她需要的只是恰恰在那个时候，有那么一个人，捧着那样一颗心，拨开层层荆棘，来到她面前，将她唤醒。

耳边又响起张柏芝的那首《该是时候》，第一次听到这首歌是刚得知她与谢霆锋离婚的消息。人世间也真是奇妙，分手也好，离婚也罢，在一起，抑或同老去，总有个时候。

动漫《五尾狐》里，千年狐优比去死亡湖底盗取男孩的灵魂时说：是我的原因，他才来到这里的，他本不该来此。

灵魂守卫者说：没有该不该，这是他的宿命。

（刘洁，辽宁大学文学院中国古代文学专业 2014 级研究生。）

我在渡口等你，询问荷的消息

刘 洁

哈代说过，呼唤人的和被呼唤的很少能相互应答。

——题记

高一的时候，班里有个女生，皮肤白皙，眼睛黑亮，气质温婉如兰，美中不足的是，鼻梁上总是架着一副高度近视镜。有一天，她无意间摘下了眼镜，被爱慕她的一个男生瞧见，男生说，不戴眼镜的她美得像一个仙女。结果整整一天，我们没有见她再戴眼镜。

这么多年过去了，男生和女生的名字、样子我都记不得了，当年大部分同学也都像这样被我遗忘，但这个小事情给我的触动还在，不管是当时还是现在。因为它印证了一个亘古不变的真理：女为悦己者容。即使你不喜欢那个人，但在喜欢你的人面前，总要以美美的姿态出现。

尽管如此，我还是固执地认为，这只是传说的一半，在我心里，女为相悦者容才是生命本来的模样。

《诗经·卫风·伯兮》："自伯之东，首如飞蓬。岂无膏沐，谁适为容？"那个欣赏你的人不在，梳妆打扮又有何意义？诗中无望的等待叫人心酸不已。所以，与宫怨诗、思妇诗、悼亡词这类注定无人应答的伤心之作相比，我更喜欢相互应答的诗词，字里行间的两情相悦每每让读诗的我眉眼为之舒展。而相互应答的诗词中，我又格外偏爱那些没有明说是对答的情歌对唱。

《子夜歌》即一例。相传，这组诗歌为晋朝一个名叫子夜的女子所作，自始至终应是女子一个人的独唱。但前两首在我看来简直就是情人间的一唱一和。"落日出前门，瞻瞩见子度。冶容多姿鬓，芳香已盈路。"男子说，我日落时出门，在路上遇见你，你是如此明艳照人，你的出现让整条道路变得芳香弥漫。女子是如何回答的呢？"芳是香所为，冶容不敢当。天不夺人愿，故使侬见郎。"香气是身上佩带的香囊发出的，自己也谈不上有出尘绝艳的姿容，尽管如此，我还是很感激上天，因为它让我遇到了你。多么美好的一次约会，互相感激并珍惜彼此的相遇，就像一个童话。朋友说，对的时间遇见对的人，是童话；错的时间遇见对的人，才是爱情。也许是我的阅历不够吧，我还是比较相信宿命，相信命中注定，相信会恰恰在那个时间遇见那个人。

另外，崔颢的《长干曲》明明有两首，我们通常却只注意第一首。其实应将两首诗合并解读，看成是一男一女初相见时的情歌对答，别有情致。"君家何处住，妾住在横塘。停船暂借问，或恐是同乡。"女子主动告白，先抛出一个同乡之情，大胆而机智。男子被女子的活泼机敏所吸引，遗憾没有早日相逢。"家临九江水，来去九江侧。同是长干人，生小不相识。"女对男一见倾心，男对女相见恨晚，这大概就是传说中的姻缘天定吧！双方都因为这场意外的相遇欣喜不已。如果说，在此之前彼此的生命已美如锦缎，那今天的邂逅便是添花之笔，意外的惊喜总是妙不可言。曾经，闺密离校回家的时候，本可以将她送我的礼物直接捎带回来，但她非常有心地寄了快递。她说，收到快递的心情是不一样的。她的归来对我来说是一重喜悦，收到她寄的快递又是一重喜悦。因为她的贴心，我幸运地多拥有了一份喜悦。

现代诗也不乏两心相照的欣喜，只是相爱之人不得相守，最初的相遇往往化为最后的别离。我常常把席慕蓉的两首现代诗《流浪者之歌》和《致流浪者》并读：

在异乡的旷野

我是一滴悔恨的融雪

投入山涧再投入溪河

流过平原再流过大湖

换得的是寂寞的岁月

在这几千年里冰封的国度

总想起那些开在南方的扶桑

那一个下午又一个下午的

金色阳光

想起那被我虚掷了的少年时

为什么不对那圆脸爱笑的女孩

说出我心里的那一个字

而今日的我是一滴悔恨的融雪

在流浪的尽头化作千寻瀑布

从痛苦撕裂的胸中发出吼声

向南方呼唤

呼唤啊

我那失去的爱人

——席慕蓉《流浪者之歌》

总有一天　你会在灯下

翻阅我的心　而窗外

夜已很深　很静

好像是　一切都已过去了

年少时光的熙熙攘攘

尘埃与流浪　山峰与海涛

都已止息　你也终于老去

窗外　夜雾漫漫

所有的悲欢都已如彩蝶般

飞散　岁月不再复返

无论我曾经怎样固执地

等待过你　也只能

给你留下一本

薄薄的　薄薄的　诗集

——席慕蓉《致流浪者》

诗中郎有情，妾有意，却硬生生地错过，读到这样的诗作，总叫我禁不住洒下一把同情泪。朋友说，不存在所谓错过，没有挽留你的都是路人。是这样吗?

可我总不愿相信人心可以这般无情。大概这就是所谓的中国式大团圆情结吧！高中的时候，有别的班的同学看见我写的小说，给出的评语是"写这些文字的女孩内心肯定非常善良"。其实呢，不过是自己太执着于美好的结局罢了。

我固执地相信，最美的遇见是相遇，是我遇上你，你也恰恰遇上我；最好的爱恋是相爱，是我爱你，你也恰恰爱我。隔岸对歌，相知几何？遇见你之前，我不会唱歌。但假如遇见你，假如在夏天遇见你，我会大声唱首歌。用歌声告诉你，烈日当空，绿水涨波，成群的蜻蜓和燕子在人头顶上飞。而我，在渡口等你，等你向我询问荷花的消息。

这个夏天，让我们在彼此心里种下一首歌吧！种下一首歌，这样就可以反复地温习那最初的相遇到最后的别离。莫负韶华，且共朝夕。

（刘洁，辽宁大学文学院中国古代文学专业 2014 级研究生。）

时间煮雨

——致逝去的青春和伴我走过的你们

姜菲菲

风吹雨成花，时间追不上白马
你年少掌心的梦话，依然紧握着吗
云翻涌成夏，眼泪被岁月蒸发
这条路上的你我他，有谁迷路了吗
我们说好不分离，要一直一直在一起
就算与时间为敌，就算与全世界背离
风吹亮雪花，吹白我们的头发
当初说一起闯天下，你们还记得吗
那一年盛夏，心愿许得无限大
我们手拉手也成舟，划过悲伤河流
你曾说过不分离，要一直一直在一起
现在我想问问你，是否只是童言无忌
天真岁月不忍欺，青春荒凉我不负你
大雪求你别抹去，我们在一起的痕迹
大雪也无法抹去，我们给彼此的印记
今夕何夕，青草离离

明月夜，送君千里

等来年，秋风起

这是我最爱的一首歌，常常以单曲循环的形式陪我度过一个又一个萧瑟而又寂寥的日子。细细品味，有一丝淡淡的忧伤，有一种淡淡的怅惘，有一种深深的无奈，还有一点浅浅的牵念缠绕在一起，让我的心绪随之起落。

"风吹雨成花，时间追不上白马"，一起笔，就是时光不可追的无奈。风吹皱朵朵雨花，你可看到那白驹倏然闪过？"你年少掌心的梦话，依然紧握着吗"，是啊，韶华易逝，转瞬间长大，年少时有过的信仰，许下的承诺，你还在坚守吗？"云翻涌成夏，眼泪被岁月蒸发"，云聚云散，那曾经流下的泪坠入时间的土壤，还有痕迹吗？"这条路上的你我他，有谁迷路了吗"，我们当初并肩而行，而如今，各自天涯，还能找到选定的那条路吗？"我们说好不分离，要一直一直在一起，就算与时间为敌，就算与全世界背离"，当初的誓言那么坚定，"山无陵，江水为竭，冬雷震震，夏雨雪，天地合，乃敢与君绝"。相爱的时候，你就是我的全世界，对抗宇宙洪荒，站在世界的对立面，只为能"死生契阔，与子成说。执子之手，与子偕老"。

"风吹亮雪花，吹白我们的头发，当初说一起闯天下，你们还记得吗"，风夹杂着雪花，转眼就吹过我们的流年，让我们有了"朝如青丝暮成雪"的苍凉感。身未衰，心已老。那些约定，那些誓言，有没有随风溜走呢？当初说一起闯天下，如今却已散落天涯。"那一年盛夏，心愿许得无限大，我们手拉手也成舟，划过悲伤河流。"那时年少，总是把誓言说得太早；那时年少，总是把未来想得太好。总有年少轻狂的时候，以为执子之手，便可跨过那悲伤，不让悲伤逆流成河，不让悲伤染蓝我们多彩的青春。

"你曾说过不分离，要一直一直在一起，现在我想问问你，是否只是童言无忌"，你不经意说出口的誓言，我却很认真地相信。相信你也曾经很期待和我一起的未来。可最恨不过流年易逝，仓促中像被飓风席卷，我才匆匆一眼，还来不及将你留恋。心已坠入深渊，你的容颜如昙花一现，像风筝断了线，带走从前，带走誓言。

"天真岁月不忍欺，青春荒凉我不负你。大雪求你别抹去，我们在一起的痕迹。大雪也无法抹去，我们给彼此的印记"，总有一个人，是心底的朱砂，一碰就如发丝穿过心脏，是绵密的疼。可还是不愿忘，不忍忘，不能忘。就算不能走到最后，至少还可以拿回忆祭奠吧。

"今夕何夕，青草离离，明月夜，送君千里，等来年，秋风起"，送君千里，终须一别。这样的夜色，青草也流泪，明月也黯然，只能将心寄予明月，伴君走遍海角天涯吧。可离别并不代表结束，且待明年秋风起时，再度聚首吧。纵不能相聚，也要共赏婵娟，遥寄相思。

时间煮雨，岁月无情，但彼此已经成为植入骨血的亲密朋友，又何惧日渐冷漠的疏离呢？所以那些陪我走过年少轻狂的你们，纵相隔天涯，仍是我最难割舍的牵挂。我始终相信：那些因你们而温暖美好的青葱岁月，是我生命中最美好的记忆。

亲爱的朋友们，我一直在，在你们触手可及的地方，以最虔诚的姿态，张望你们的幸福。

（姜菲菲，辽宁大学文学院中国古代文学专业 2015 级研究生。）

五种女性人生交织下的情、理、味

——浅谈电视剧《欢乐颂》

鲁美晨

　　继国内一系列优秀古装电视剧如《琅琊榜》《芈月传》《花千骨》等风靡全国后，一部描写现代大都市生活的电视剧——《欢乐颂》也在 2016 年 4 月份热播起来。也许当下没有哪一部国产电视剧可与《欢乐颂》相抗衡，从 4 月以来一路欢歌高进，收视率遥遥领先。

　　现代大都市上海，灯红酒绿，霓虹闪烁。每年都有无数的年轻人怀着各自的梦想从四面八方赶赴这里。他们为了自己的梦想，为了生活，为了能有一席之地而与这个偌大的城市决一胜负。故事就产生在这样的现代大都会上海，五个年龄相仿、性格迥异的女人，带着自己的过去和对未来的憧憬先后搬来欢乐颂小区 22 楼。渴望挤进上流社会的"胡同公主"樊胜美、对数字异常敏感的海归金领安迪、做事不按常理出牌的富二代小妖精曲筱绡、大家闺秀闷骚文艺女关雎尔、没头脑和不高兴的综合体邱莹莹，上演着 22 楼版的"老友记"。在故事情节的不断起伏中，我们感受到五种不同的人生轨迹，有高潮，也有低谷，有欢笑，也有泪水。《欢乐颂》之所以如此受欢迎，在某种程度上是因为它迎合了大部分人的口味，不管你喜欢哪一种，总会在《欢乐颂》中找到自己喜欢的那个。

　　大龄胡同公主——樊胜美

　　对樊胜美这个人物，很多人都是又爱又恨。恨她的虚荣和精于人情世故，却又同情她重男轻女的家庭出身。第一集，樊胜美便展示性感诱惑，精致的妆容，窈窕的身材，一头飘逸的长发，显然美女一枚。然而却敌不过现实的残酷，眼看美女要变成剩女，樊胜美天天恨不得把自己嫁出去。然而，不是她看不上别人，就是别人看不上她，为了避免变成黄脸婆，她费尽心机去出席各种上流社会的酒会，用樊胜美的话来说，她是去"掐尖"的，可惜收效甚微。在对待感情方面，她是功利的，拿金钱的标尺去衡量男人，拒绝了对她一往情深的王柏川，被富二代曲连杰迷惑，结果可想而知。樊胜美想嫁个有钱人与她的贫困的家庭有很大关联，樊胜美每个月都要贴补家用，给父母寄钱。父母重男轻女，只知道天天打电话要钱，对樊胜美的生活却漠不关心。全家人的负担几乎都压在了樊胜美一个人的身上，这也是她一直想要嫁个有钱人的原因。

此外，樊胜美又是个疾恶如仇的热心女子。她为了给同屋的小邱出气，砸了白渣男的家，也因此进了公安局；因为担心安迪受到网络绯闻的攻击，她不断地在网上发帖，甚至和室友轮流接送安迪上下班。

这就是大龄胡同公主——樊胜美，善良与虚荣并存，坚强与软弱同在，光鲜美丽的面容下是生活的窘迫，金钱的追求下却是一个受伤的灵魂。相信很多女孩都会对樊胜美充满同情，同时也在反思自己的爱情观、婚姻观，在遭遇爱情的挫折时，也不妨调侃一句"人生处处有伏笔"！

高智商公司金领——安迪

安迪，无数男人追求的对象，也是无数女人敬仰的对象。她是智慧与美貌的化身，举手投足之间都流露出成熟、稳重、大气。正如富二代曲筱绡在电梯里问安迪，她可不可以去安迪的公司上班，安迪回答说："我们公司只要两种女人：一种是铁娘子，另一种是绝色花瓶。"安迪可谓是铁娘子加绝色花瓶。身为公司的首席执行官，安迪的办事效率高得惊人，可以一边指导曲筱绡应对外国客户，一边主持公司的会议。同时，与安迪雷厉风行的办事作风相对应的是她直率的性格。她总是非常直接，因此也常常被人误会，她曾经认为这辈子只有老谭一个朋友了。可命运就是这么奇怪，总是在不经意间给你惊喜。搬进了22楼后，安迪不再是一个人，从一开始打电话向老谭控诉邻居太差，要换房子，到离不开22楼的姐妹，这期间经历了大大小小的事情，足以让安迪敞开心扉，享受友情的雨露，追求自己的幸福。在与魏渭的感情纠葛里，善良的安迪总是怕自己连累对方。幼年痛苦的经历在安迪心里留下了难以磨灭的创伤，家族遗传性精神病又让敏感的安迪痛苦万分。因此，对于感情，安迪总是小心谨慎，这样的安迪看着让人心疼。

富二代小妖精——曲筱绡

曲筱绡，古灵精怪、霸道嚣张的富家女。从小在复杂的家庭关系中长大，虽不学无术却精通人情世故，奇计百出，身边围绕着一大堆狐朋狗友。为了跟自己同父异母的败家哥哥争家产，曲筱绡可谓下足了功夫。首先在父亲面前表现出一副艰苦奋斗、吃苦耐劳的乖乖女形象。与自己开豪车、住别墅的哥哥截然相反，曲筱绡选择住进欢乐颂22号楼，在看到曲连杰将豪车撞成一堆废铁时，一大早便回到家里问父亲要车，待父亲同意后她要的竟是家里最破的车。接下来，曲筱绡便要求接管父亲的分公司，当上了小曲总，为公司拿下了GI项目，让父亲对她刮目相看。无论是对待家人、恋人、朋友，曲筱绡总是直截了当地做出最明智的选择，她清楚地知道自己想要什么。她像是个妖精，妖精是什么，妖精就是从来不按常理出牌，却战无不胜。时而强势得要命，时而温柔得像只猫咪，装得了可怜，扮得了公主，拿得了项目，也拿得下男人。

傻白甜——邱莹莹

看过《欢乐颂》以后，我们才知道有一种蓝颜叫老谭，有一种傲娇叫曲妖精，有一种渣男叫白主管，有一种帅气叫赵医生，而请不要忘了，还有一种"拎不清"叫作邱莹莹。

邱莹莹是剧中争议最大的角色，开播以来她的广受争议与她拎不清的性格有很大关系，尤其在与白主管的爱情纠葛中智商彻底沦陷了。剧中的邱莹莹不顾关雎尔、樊姐的苦口婆心，一门心思要和白主管在一起。在几乎所有人都指出白主管有问题时，邱莹莹竟以为别人是嫉妒自己有这么好的男朋友，自恋程度让人大跌眼镜，也让网友直呼邱莹莹眼瞎。之后可想而知，这位白渣男果然不负众望，先是劈腿，然后陷害樊姐砸了电脑和手机，最后更是得寸进尺，在公司里利用职权为难邱莹莹。当然，没头脑的邱莹莹也不甘示弱，直接在公司里揭发白主管贪污公司公款，利用职权开假发票，结果两人双双被公司开除。被公司开除的邱莹莹始终也想不明白自己为什么被开除，然而明眼的樊姐和安迪却早已预料到了结局。但就是这样的傻姑娘却因祸得福，很快找到了新的工作，还开了网店。也许邱莹莹是五个女孩子当中最笨的，但却是最快乐的，难怪连安迪也羡慕她活得简单快乐。

大家闺秀闷骚文艺女——关雎尔

如果说小曲是浓烈的酒酿，樊姐是充满魅力的红酒，那么关雎尔真的像是白开水，纯洁无害。关雎尔总是那个最体贴的、最让人放心的乖乖女。懂得照顾自己，也珍惜身边的人。身为小蚯蚓的闺密，关雎尔总是第一时间想到小蚯蚓，即使小蚯蚓因为白渣男而误会大家，她还是为小蚯蚓着想，默默守护着自己的闺密。工作上，关雎尔尽心竭力，即使被上司批评，在听到安迪的劝告后，第二天又满血复活，重新振作起来。在剧中，关雎尔的戏份不是最多的，但她代表了默默奋斗在上海这样一线城市的许许多多上班族。在她的身上，可以看到很多人的影子。

这就是《欢乐颂》的五位主角，用自己的独立、坚强和各自的女性魅力去勇敢地创造和经营自己的生活。生活像永不停息的江水，五位女孩从相遇、相识到相知，经历了人生的磨难，同时也收获了各自的幸福。五位女孩子的生活既是平行的又是相互重叠的，她们互相分享彼此的快乐与忧伤，又在自己的道路上勇往直前。成长的路上总是充满伤痛，还好有温柔的港湾可以躲避风雨。这就是 22 楼的魅力，让很多人找回大学寝室的感觉。

《欢乐颂》之所以好看、耐看，强大的演员阵容自不必说，更是由于它契合了当下人的心理。对现代大都市的上班族来说，《欢乐颂》是职场指南；对追求美好爱情和幸福家庭的女性而言，《欢乐颂》提供了辨别理想伴侣的有效途径；对涉世未深的少男少女而言，《欢乐颂》既能让你鼓起追求梦想的勇气，又不会让你脱离现实。就像《欢乐颂》的主题曲："左手梦想，右手疗伤。无路可走就展翅飞翔，总有幸福在等你，傻瓜才不去争取……"

（鲁美晨，辽宁大学文学院汉语言文字学专业 2014 级研究生。）

疯子的现实

——读《现实一种》

李婧妍

　　这本书中有三个故事，对于第一个较有名的《现实一种》，我是读了文学史后才想看这篇小说的，内容不太复杂，但是情节发展比较荒诞，很能反映中国20世纪80年代的现状，一家人住在一起仅仅只是为了生活，感情是奢侈。

　　皮皮看着叔叔总打婶子，于是也学着他打自己仍在襁褓中的堂弟，在暴力中感受着畸形的快感。作为一个心智并未成熟的孩子，皮皮抱着弟弟出去，累了便松手，于是弟弟就被摔死了。这样荒诞的情节，却让人感到现实的可怕。很多时候，不幸的发生就是那个抱着你的人松手了，于是你摔到地上，或死或残，你只是一个婴儿，在命运面前可以选择的是多么少啊！

　　第二个故事是《河边的错误》，看似是一个悬疑破案的故事，却在说人的内心。故事中的人平时都是无比正常，一旦遇到让自己紧张无比的事情就都成了精神错乱的患者，或者语无伦次，或者总幻想自己犯了错。一个疯子的出现，让正常的人们都产生了错乱，最后，那个杀掉疯子的警察马哲，家人为了帮他洗脱罪名，找到医生帮他鉴定精神状况，明明装疯就可逃脱，但是他一次次说着真话，最后终于语无伦次，并感到成为疯子真好啊。在这个被商业异化的社会，谁才是正常的人呢？

　　第三个故事《一九八六年》讲述了一个历史老师在"文革"期间被红卫兵带

走，当晚他逃走后精神失常，在 1986 年又回到了从前的家乡。由于他从前一直在研究中国古代的刑罚，所以他开始在自己的身上实施劓、刖、宫等残忍的刑罚。他改嫁的妻子和女儿感到害怕，不愿意见到他，直到他死了，她们心里才踏实了。这时候又一个在"文革"中被迫害至疯的人来了，他的妻女仍旧视若无睹。

文本是以疯子的视角和正常人的视角描写的，疯子的世界中，一切是那么陌生而残忍，连自己的影子也要去逃避、去对抗，那是受到多大的打击才要逃避自己的影子，其实也是逃避自己知识分子的身份，他在为自己行刑，让自己不复存在，那边是"文革"对心灵上的伤害无异于肉体上一次次的行刑，肉体上的疼痛只是为了缓解心理的不堪忍受。

他眼中的人也是残缺的，血淋淋的，没有干净的。虽然他们过着高雅的生活，却被新事物异化着，电影院、高楼、咖啡厅、商店，只是为了让他们宣泄休闲的时间，没有什么价值，只是活着、生存、自我麻痹着，他们看着疯子就像在看着笑话。

"十年前那场浩劫如今已成了过眼烟云，那些留在墙上的标语被一次次粉刷给彻底掩盖了。他们走在街上时，再也看不到过去，他们只看到现在。"甚至那些被迫害之人的妻女都毫无同情心，妻子当年红蝴蝶缠绕的发辫是心里唯一的慰藉，他只能远远地看着，妻女对其只有厌恶和逃避。

书中的这个疯子是作者和现实间的紧张关系在文学中的投影，"众人皆醉我独醒"，自残，既是对自己剥落灵魂的反省，也是对人们反思历史的呼吁，然而路人仍然如看客，仿佛还是活在清末。一百年过去了，我们经济有了飞跃的发展，我们的心呢？

（李婧妍，辽宁大学文学院中国现当代文学 2017 级博士生。）

旅行何为

——《窥视印度》书评

李婧妍

　　《窥视印度》是一个很有趣的姐姐推荐给我的，她说，妹尾河童是个有趣的老头儿，他的书很有趣，可惜对我们写论文可能没什么用。这对于一直因"审美无功利性"而读中文博士的我来说，在看书的时候还是不免被功利化了。

　　这本书最吸引人的当然是插图了，几乎隔几页就有精细的现实主义插图，甚至标有旅馆的价格、电话、室温、各处尺寸、颜色，具体到"鲑鱼般的粉红"，对于忘记标记之处竟然深表歉意。河童先生不会是处女座吧，这种强迫症般对所到之处的精致体验，令我这个在旅游中贪图享受的人不免羞赧，比如他看到印度火车站熙熙攘攘，甚至过道上也躺了不少人，他竟然立马躺下，试图体验他们的生活。这让我想到20世纪80年代中国的候车厅，虽然我没有经历过，但是相关作品中这些场景总是带给我一种遥远而模糊的痛楚，这是集体无意识中关于贫穷的味道。

　　这种既能住五星级酒店，也不排斥二等火车厢的生活态度真的让人莫名喜欢，或许旅游的精髓之处就是"体验"二字，要体验该国家文化境遇下最接近"贵族"也最接近"民间"的两种形态，对该国的日常可能会"窥视"一二。或许我们没有财力去接近那种奢侈的生活，可是能够在三十五摄氏度的天气选择坐没有风扇的二等车，光想想就很值得钦佩。

但是体验也应该在自己的承受范围内，河童先生对街边凉水饮用的体验是造成其旅途中肠胃不适的原因吧。最令我佩服的还是他为了登塔门顶俯瞰马杜拉，需要冒着掉落的危险进行素描，并且下塔门极其不便，塔内在平时漆黑一片，点上打火机看到的却是"蝙蝠粪便，还有许多垃圾，颇为脏乱"。他虽然直呼"这根本就是惩罚"，可是第二天，他竟然又去了，只为了体验在开着灯的塔内步行，并不乏幽默地说道："昨天的黑暗简直像一场骗局，不仅光线充足，连垃圾都清理得一干二净。"这种对心目中完美体验过分追求者不愧为艺术家。

我们的旅行常常只是在朋友圈发一次摆拍，一次在自己看来成功的潜在心理期待，在看完或真诚或虚伪的评价和点赞之后，这些作为记忆的底片而存在的事物常常遮蔽了很多值得深思的事情。毕竟面对不同的宗教、文化难免会有强烈的冲击感，我们以什么样的态度面对差异，是旅行这一路需要不断修行的。读这本书对那句"身体和心灵，总有一个要在路上"的陈词滥调有了新的理解，其实旅行哪能不带心灵呢，在面对巨大的宗教差异、阶层差异，甚至是面对南印度百姓反对机械化的言论时，河童先生幽默而深刻地道出了他的想法："无论别人怎么认为，他们找寻适合自己的东西，相信自己觉得合理的事物与信念，不为眼前一时的利益和方便左右。总而言之，价值观是不一样的。那样的'世界观'实在很难与其一较上下。如果可以的话，我宁可躲开这种严格的自我质疑。"

在读图时代，文字所传达的理性思考却是不可替代的。我们看了那么多画面，将自己一次次放逐于虚拟的世界之中，总感觉时间和空间都被网络这一媒介给切割得支离破碎，所以我们带着难掩"优越"的心理去旅行，看到那些本应令人震撼的风景时，却失去了本能中对自然、历史的审美情绪，毕竟这一路太"慢"了，玩一局王者荣耀只要半小时、看一场电影要两小时、看一部电视连续剧要一周，而对一处深度了解却要那么多年，我们的旅行，尤其是跟着旅行团那样紧张而走马观花的游览，只不过是惊鸿一瞥，一路的奔波只为拍这样一张照片，摆一个文艺而做作的姿势，算是对一路辛劳的交代。然后我们再返回那属于我们虚拟而真实的城市生活中，那些被生活中的"快感"所遮掩的美感仍然在沉睡。而阅读这本书，仿佛钩沉起内心深处对于土地深厚的感情，尤其是河童先生去观看印度人插秧那一段，那些在炎热中作业的农夫在看到有人试图拍照时，"几近裸体的壮汉们急忙整理身上的腰布，一阵骚动，然后所有人笑嘻嘻地立正排成一列"。

这些从事着农业劳作并且欣然接受这样境遇的农人面对城市文明的侵扰，是这样纯朴而从容，不因现代文明的神秘高端而羡慕，也不因自己的古朴原始而羞愧，或许在我们体验他们这样一种原始生存状态时，他们也在体验另外一种文化的样态，即使作为精明、警戒心高的城市人难免会有着启蒙心态的同情，觉得心口一紧，他们"既不是期待收到小费，也没要求我将照片寄给他们；他们根本不会看到自己的照片，只是一心想要被拍而已"。

这样随意的片段，却蕴含着让人感动的张力。我仿佛回到 20 世纪 80 年代河童先生的身旁，与他一起见证那些印度农人劳累而满足的田间生活。我想告诉他：请不要担心！河童先生您不是早已说过，印度是这样一个容纳各种不同的地方嘛，或许我们为了生存蝇营狗苟的姿态在那些农人看来也是值得同情的吧。

我想，读完这本书之后，我们从一个日本作者的视角中可以构建出自己心目中的印度来，不是风景展览式的旅游宣传游记，而是一篇关涉心灵成长的游记，我们可以看到妹尾河童，可以看到印度的民生百态，甚至能够看到自己的心灵博弈。

（李婧妍，辽宁大学文学院中国现当代文学 2017 级博士生。）

那个姑娘，很美

——读《塔铺》

李婧妍

其实还是应该相信缘分这回事的。

2010 年，我去厦门上大学，在空旷而神秘的图书馆里我拿起了这本书，读完了前两篇小说，因为新生还不能借书而放下了它，当时除了一心憧憬要在这么美的城市留下一些美好的记忆外，并无过多感想。

2014 年的今天，回到家乡沈阳读研的我翻开了这本书，第一篇文章读了一半，忽有似曾相识之感，就像偶遇多年未见的儿时玩伴，陌生感下是呼之欲出属于记忆的熟悉与对旧时光的眷恋。

读完第一篇小说《塔铺》，整个人仍旧沉浸在那个偏远的河南小镇，耳边回荡着的是爱莲那句："以后不管干什么，不管到了天涯海角，是享福，是受罪，都不要忘了，你是带着咱们两个。"

文化研究课上，老师说过："如果可以选择，我宁可活在尧舜的年代，也不愿活在现代，那个时候虽然物质贫穷，但是活得真实自在，现在虽然物质条件好了，可是有太多虚假和身不由己。"

每个时代都会有身不由己，只是现代的虚假更多了。那种只属于过去天然的美好已然逐渐失去。再不会有少年觉得她"五短身材，胖胖的，但脸蛋红中透白，倒也十分耐看"了，这些早被现在的"白富美""女神"等内外均经过加工历练百毒不侵的类型而鄙视得无地自容了。

"河堤上，李爱莲坐在那里，样子很安然。她面前的草地上，竖着一个八分钱的小圆镜子。她看着那镜子，用一把断齿的化学梳子在慢慢梳头。她梳得很小心，很慢，很仔细。东边天上有朝霞，是红的，红红的光，在她脸的一侧，打上了一层金黄的颜色。我忽然意识到，她是一个姑娘，一个很美很美的姑娘。"

这样的语句，这样的美在现在的碎片化文学作品中怕是找不到了。在那个物质很匮乏的年代，人的性情竟可以那么真挚，我们喜欢一个女孩，不因为她的长相和家庭，只因为这单纯而羞怯的情谊。

这不是一个童话，这是我们的历史。

（李婧妍，辽宁大学文学院中国现当代文学 2017 级博士生。）

规矩造就的悲剧

李婧妍

守规矩的人，将规矩当作信仰，摒弃了人性中同情和关爱的成分，自认是正确地去执行规矩。这是我在读《红楼梦》和《呼兰河传》时某些层面上的共同感受。

《红楼梦》中的王夫人最是守规矩，因看着金钏儿和宝玉开玩笑，认为金钏儿在勾引宝玉，将其掌掴并赶出了贾府。在封建传统里，丫鬟社会地位低下，一旦有着与"贵族"道理相违背的地方，便活该受欺负，本是认为其没有自尊的，竟也会跳井正名节，殊不知，外人只说是金钏儿不小心坠井而死，以减轻王夫人内心的愧疚。

《呼兰河传》中小团圆媳妇的婆婆最是守规矩，因着"有娘的，她不能够打。她自己的儿子也舍不得打。打猫，她怕把猫打丢了。打狗，她怕把狗打跑了。打猪，怕猪掉了斤两。打鸡，怕鸡不下蛋。唯独打这小团圆媳妇是一点毛病也没有，她又不能跑掉，她又不能丢了。她又不会下蛋，反正也不是猪，打掉了一些斤两也不要紧，反正也不过秤。"

这些守规矩的人是麻木而快乐的，从没有质疑过一直以来坚信的是否正确，只因着老祖宗将人分成三六九等，将女人，尤其是穷苦人家的女人视为刍狗，所以内心固执己见地遵循着可悲的信念而肆无忌惮地伤害着他人，因为在他们看来，这些被鞭笞的并非同种生物，只是卑微的、可供驱使的下等种族而已。

但是，当午夜梦回，或是面对神灵，并未泯灭的良心隐隐提示着自己曾经的恶行，往往此时，那些理直气壮的规矩、道理全都会涌上心头，告诉神灵也是告诉自己，"我是个守规矩的人，虽然我欺负了他人，但我一直都是按照规矩办事的，初一十五进香吃素，做了不少善事，老天不会惩罚于我的"。因着一代代守规矩的人，酿成了一桩桩悲剧，他们并非始作俑者，要怪就怪那个最早立规矩的人去。

（李婧妍，辽宁大学文学院中国现当代文学 2017 级博士生。）

何必当真

——读《人·兽·鬼》

李婧妍

　　书中的序写道："书里的人物情事都是凭空臆造的。"但是作为半路出家研习文学的我来说，还是在看到《猫》这篇文章后不厚道地将书中的李建侯和爱默与当时的梁思成和林徽因夫妇对号入座，看了一下他人的书评发现其中还是影射了当时的许多文化名人。其实如果没有现实的诸多事件想必很难引得钱老写出那珠玑似的文字，再大的天才也不可能仅是凭着臆想来过活。

　　虽说只是钱锺书个人作为消遣的文字，但巧妙的幽默和讽刺却是再好不过的反映世事、发表议论的方式。比如《猫》中说那亲日诗人比向日葵更甚，或是《灵感》中，大作家过世后书中的人物来向其索命，因为他笔下的人物都是半死不活的，看到此，不免称赞钱老的腹黑和奇妙的叙述方式，若是平铺直叙地议论自己对时局对写作风气的不满，那么这些作品就不再是那么令人玩味了。

　　幽默是一种让悲愤、痛苦等负面情绪以一种超越其痛苦的形式趣味地发泄出来的方法，让苦大仇深和苍白无力像芥末一样以强大的冲击力冲破那些苦涩而带来酣畅淋漓的大汗和舒畅，而且是带着微笑地，开怀地释放。那些隐藏在话语间的细枝末节，你可以说只是杜撰不必当真，但是，阅读者却难免自行对其进行匹配，报之以仿佛和作者心意相通似的会心一笑。这也就是现在微博上的段子手如此受欢迎的原因。在信息碎片化的时代，若是能够以只言片语博得一笑以化解审美疲劳或精神无聊，是多么能吸引眼球、增加阅读量的事啊。段子手思考的层面更加契合大众的审美情趣，不需要那么多深刻的意义，浅显、出其不意便足够。然而像钱老这样内蕴深厚的"段子"，现今还有多少人愿意去思考、挖掘其"内涵"呢？

（李婧妍，辽宁大学文学院中国现当代文学 2017 级博士生。）

何处是意义，何处是你

——读《长恨歌》

李婧妍

书中结尾写到王琦瑶之死似乎是要照应她即将步入上海繁华场的开端，有一些宿命的成分在其中。

读完这本书，似乎能听到时间走过的声音，隐藏在大大小小的琐事之中，不经意间已是一生走过。王琦瑶的一生，无所谓悲喜，她只是放不下繁华，那些本是虚无的灯红酒绿在吸引着每一个蓄势待发的青春的灵魂。每一次选择，每一段感情，都在王安忆的行文中一笔笔描绘出一种凄艳之美。无论是年少时王琦瑶因对繁华懵懂的向往而选择了李主任，还是到最后那一段梦魇一般和老克腊的相处，都无刻意与矫饰，无关道德，只是一个女子骨子里对俗世中美好的眷恋。

我总是觉得，书中第二部便是最好的结尾，向这个不知时间归往何处的世界寻求一个卑微而幼稚的信念，然而王安忆却偏偏选择了一种温柔的残酷手段，一丝丝剥出了王琦瑶孤傲沉静下的虚荣、脆弱、刻薄、苍老，让读者共同面对那些时间的积淀。书的结尾，似乎我们都是老去的王琦瑶，在时间面前无计可施，甚至有些恶心，当年的风华绝代，如今却也是如此经不起时间的折磨。

王安忆回环的笔调隐隐地渲染着每个人不同的人生，每一次选择，每一次转折都是时间在不断地确认，你要成为怎样的人？你去过的地方，遇见的人，看过的电影，读过的书，经历的悲喜都在隐隐地磨洗着你的性灵，那个在脆弱肉体下的心，是多么丑陋又是多么美好，是日渐坚定的眼神还是逐渐涣散的灵魂，都是那不能再回来的时间伴你走过的。

　　生命不会主动向人去寻求意义，而是有一日，你会不堪时间的重负去问自己它的意义，不管是单薄还是丰厚，这都是你。

（李婧妍，辽宁大学文学院中国现当代文学 2017 级博士生。）

何不秉烛游

——读《自由的夜行》

李婧妍

　　似乎车站的书店总有着相同的书目，《自由的夜行》这本书是在郑州东站的书店里购买的。那天要乘早上七点的车，因为连日在河南的游玩，虽然看了各处景致，身体不免有些疲累，遂想在回沈阳的途中读书消遣。从前总是带有一些偏见，认为以原价买书随处阅读有卖弄之嫌，不如回家在网络购买方便而实惠，然而细细想来，一本书不过是一杯咖啡的价格，比之电影票价格还低，也可反复阅读思考，何乐而不为呢？

　　书中多是回忆的散文以及对于人生、宗教的杂感，亦有对一些电影、书的评论，末尾有两首现代诗，可以看出史铁生先生对于自身瘫痪由恐惧抵抗到最后以强大的精神力量与之并存的勇气。但毕竟，人是肉体凡胎，多少还是看出其对这种悲剧宿命的哀叹，换作其他人都不免如此。我虽是不了解当时的情境，但是他所罹患的病症多少也与当时插队时的艰苦条件有关。《我的遥远的清平湾》似是厘清了他插队时对陕西艰苦环境肉体上的记忆，将乡下人美好质朴的情操记录下来。那看似有趣却熬人的喂牛的工作，让人"一年到头睡不成个囫囵觉"，虽只是轻描淡写，个中苦楚也并非在书那头的读者可以体会的吧。

　　十年"文革"多少人受尽磨难，又有多少人强加振作反思出一部部血泪之作，这些蒙尘的历史现今却少有人去擦拭抚慰。眼光是跟着经济动向走的，然而在思想上多还有着曾经抱残守缺的痕迹。

书中有这样一段文字:"人真是还不够'自私',宁可豪居豪车地去美化别处,却置自家心灵的修缮于不顾。"在这样一种追求快速的时代里,大多数人都功利地活在现下的享乐中,这也是能够理解的,毕竟中国现在大多数人终于摆脱了贫穷的负累。大多数的消闲时间贡献给了电影、电视剧、微博、微信、王者荣耀,本是用来消遣的娱乐活动却成了我们被娱乐,这种本末倒置的事情已经屡见不鲜,自律便成为一件奢侈的事情。我自己在准备考博的时候在知乎上搜索最多的就是"效率"与"自律"。因为很多事情我们知道是浪费时间,没有意义的,然而却总是为了那一时的快慰而放弃理智。节制总是难能可贵,人总是在理性与感性的博弈中循环往复。总有一天,人会向自己寻求意义,这种意义并无对错,只是自己感觉对得起来人世走一遭即可,但求心安。

（李婧妍，辽宁大学文学院中国现当代文学 2017 级博士生。）

冲　淡

——读《雨天的书》

李婧妍

"平和冲淡"是文学史对周作人小品近乎统一的评说，因是民国时的作品，多少与现代的白话有些隔阂，但是其平淡文字中的趣味还是不少，有些议论性的文章如《教训之无用》多是有些浙江"太师"的风格，凌厉之气仍在文字之中。

最初知道周作人是大学时候上现当代文学课，老师说："中国文坛的悲剧之一便是周作人投了敌，当了汉奸。"因当时的观念如同现在在微博上的"国粹派"一样，便有意识地不去关注他。后来，读了巴金的《随想录》，书中部分篇目记载了巴金老人与日本友人的情谊，忽觉自己当时是幼稚而可笑的，哪里的人都不应一概而论好与坏，世间事纷繁，岂是几个字就可定论的？

读这本书是在博士入学考试笔试考完后，为抚平躁动的心绪，中午路过北方图书城，正好看到这本书，又想到了"冲淡"二字，不如就以周先生的文字冲淡我的焦灼吧。

书中的文字多是谦和中带着幽默的，但是仍能看出周作人在精神上逐渐矛盾的追求——妄求一个可调和佛儒基督的宗教，或许只有中国式的文人才会经历这种痛苦的自我博弈。其前半部分的感怀之作，尤其是《若子的病》与《若子的死》两篇，对于女儿生病以及最后夭折的文字，仅"如触肿疡"以表切肤之痛，于平淡文字中对于女儿亡魂的歌哭历历在目。

可以看出，周作人的思想是从众多文献经典中升华而成，其中对于治学的严谨谦逊，对于儿童教育的重视，以及对性教育思想的提出，都是其对生命的关怀。

书的后半部分对于"神话"的辨析，由于对其了解不多，不太清楚，该书定是要重读的。

（李婧妍，辽宁大学文学院中国现当代文学 2017 级博士生。）

第四章

校园锦时

等 风 来

李佳美

　　"原来的我，怀念从前，是因为太留恋，懵懂的岁月中，只收藏了简单的笑脸。"

　　沈阳位于北纬41度的中温带，寒流与雪花早早地席卷着辽宁这片土地。十二月的沈城已是一片"北风卷地白草折"的萧瑟北国景象了。月初的一场大雪将校园装扮成粉妆玉砌的童话世界。这样纷纷扬扬又周期长的雪足以让南方人欢呼雀跃，让北方人回忆起童年。校园中的人们忙于拍照与打闹，瞬间热闹得有些过头的举动使气氛呈现出一种虚幻的狂欢状态。我们也许都要借此找回童年的简单欢欣聊以慰藉。也许，在这些初入大学校门的大一学生心中，都有一些压抑着的要逃避的东西吧。

　　诚然，走入新奇的环境，我们要面对太多的变化和选择。每天接踵而来的不同的价值观冲击着我们，学生会工作与人际交往的矛盾锻炼着我们，自己为一生的目标进行阶段化的努力的责任督促着我们。我们每天思考着、权衡着太多东西。关于自己的价值观，关于他人的评价，或是所谓对初心与梦想不被践踏的呵护。大学，较之从前实在是太不一样了。

　　人是渴望重复的动物，记忆仿佛是自带美颜效果的拍照手机，将现实之残酷和幻想之美好放置在同一张图片里并加足了锐化效果。在某种程度上，我们渴望懵懂，渴望简单，留恋过去的事物，如同孩子对成人世界的好奇与成人对青春时光的回忆，在时间这条不可逆转的轴上，人的一生仿佛一直在追赶与回望的过程

179

中。我们渴求抓住一些在生命历程中不会被改变的东西，因而留恋之于人如同茎叶之于花朵，是连接我们的根系与支撑我们成长时不可缺少的元素。在被催促着前进的状态下，它是一个让人短暂放松的梦。然而花朵被茎叶支撑，它的脸颊却是永远向着蓝天，向着太阳，向着未来。

知识积累还略微粗浅的我们如同在山路上攀爬前行的旅人。众多的诱惑和探索的艰难可能会撕破我们的衣裳，骤来的暴雨会阻碍我们的道路，然而没有过实践与体验，未来便永远是未知。即使有矛盾与困难，我们仍要争取主动，如同高尔基笔下的海燕一般，有着直面暴风雨的勇气与毅力。这是"斜风细雨不须归"的坚定与自信，是"一蓑烟雨任平生"的洒脱与决绝，是"不以物喜，不以己悲"的大气与从容。

然而坚定与勇敢不等于莽撞与冲动。繁复的信息中，急功近利之心会使我们得不偿失，事倍功半。代课挣外快，发劣质小广告，对待男女情感轻浮急躁，为官职地位趋炎附势、钩心斗角……这样的行为多半是某种状态下的自我保护行为，如同为了避免受到伤害而主动出击的猛兽，然而没有目标的冲撞与追赶只会使我们无功而返。

"不管你有多着急，或者你有多害怕，我们现在都不能往前冲，冲出去也没用，飞不起来的。现在的我们只需要静静地，等风来。"

敢于应对暴雨，更要学会等待微风。如同羽翼丰满站在崖边的小鸟，只是需要一点点微风，选择最合适的时间和机遇，最终完成飞翔。天空越是广阔，吸引力越是巨大，我们越要学会等风来。

这是"宠辱不惊，看庭前花开花落；去留无意，望天上云卷云舒"的豁达，这是"清风徐来，水波不兴"的平静，这是"泠泠七弦上，静听松风寒"的闲适。"一点浩然气，千里快哉风。"面对功利与浮华，学会等待，学会追寻内心所求。

留恋过去不是生活的常态，但也算是对过去收获的承认。敢于面对前行路上的狂风骤雨，也愿意伫立山边体会鸟语花香，即使前途未卜，我们也终将绽放出一树繁花。

（李佳美，辽宁大学文学院汉语言文学专业 2016 级本科生。）

看，春的脚步

王佳慧

　　春暖，夏炎，秋爽，冬寒。

　　四季各有千秋，我却坚定地爱着春的生机盎然。正如在生命中，我对青春是那样情有独钟。

　　三四月的交界点，春天款款而来，偶有波澜，却一路向暖，送走了偃旗息鼓的冬天最后的呼号，只有暖阳和微风扑向我们微笑的脸庞。燕子呢喃，万物复苏，草绿了、花开了、天暖了，心情于是也变得豁然开朗。而此时，想象力并不那么丰富的我却很自然地联想到了青春——生命的春天，还有那些蓬勃生长的青年人。

　　在我眼里，二十几岁的年纪，才是最好的青春。

　　没有了高考的桎梏，暂离了父母的羽翼，甚至可以任性一点，去选择自己最喜欢的道路和生活方式，去初次品味爱情的甜蜜，去面对成长路上的艰辛。或许会害怕，或许会摔倒，或许也会有失望，但我以为，那是年轻才有的资本。

　　一年前，看到刘同在《谁的青春不迷茫》里写下二十岁时的自问自答，我也学着他的样子问自己："觉得二十岁时一个人必须要尝试的一件事情，是什么？""去旅行、去冒险、去疯狂、去经历。"今天回想起来，仍很兴奋，觉得自己像是发现了人生的真谛。我喜欢去经历，因为享受过程，而且希望在岁月积淀下留给自己的不单单是一张张泛黄的照片，还有一些时光永远也抹不掉的东西，例如阅历，例如成长。

　　在我眼里，奋斗和追求，才能有最好的青春。

在一节通识课的课堂上，我认识了一位老人，人大毕业，又先后在北大和北师大学习，去过很多国家，研习了各个专业，现在以六十二岁的高龄在辽宁大学学习。在他从容不迫的演讲中，我看到了真正有知识有才华的人的模样，那模样和老师不同，和教授也不同，只是一个经受岁月洗礼却意气风发的老人，因为丰富的知识和阅历使人生熠熠闪光。

毫无疑问，那源自年轻时的努力和追求。我们的大学生活，可充实也可松懈，没有人管制的日子，几乎完全在于自己。于是我开始知道，自己在现在这个年纪，在适当享受的同时，不能忘记埋下头读书，只有这样，才能在秋天收获果实。

有人说，青春要张扬，有人说，青春须内敛，每个人有每个人的活法，也都有各自的人生信条，谁也没有资格对他人指手画脚。在我看来，玩时该疯狂，不负青春活力，不留丝毫遗憾；而学时要谦虚低头，人生的优雅淡然需靠知识。

当然，一切并没有那么简单，青春少不了的是伤痕，不曾摔倒的青春也就失去了它的意义，但是别害怕也别放弃，春天的基调是暖的，一切都是有希望的，放下那些不知名的恐惧，它们和早起一样，只需一点点的毅力和信心就能战胜。

年轻人就该去奋斗去经历，活成自己无可替代的样子。

看，春天来了，花开了，世界充满希望的样子真叫人开心！

看，生命的春天也来了，愿我们每个人都活得精彩！

（王佳慧，辽宁大学文学院汉语言文学专业 2015 级本科生。）

辽大，幸好有你

段雨霖

晨光熹微，走在既陌生又熟悉的林间小道上，带着假期特有的惺忪睡眼，在情人节这天，我又回到了辽大。

说实话，比起一月不见的校园，我还是更留恋家。可是辽大已然抖落肩头的尘土，胸膛还带有融化积雪的余温，向我礼貌地伸出一只手，又不好拒绝。走在校园里，一草一木还是那样了无生机，死气沉沉，扑面而来的也不是和煦的春风，而是凛冽的北风。春寒料峭啊！不知不觉，我已在这里生活了一年有余，这些点滴的记忆就像沈阳二月的天气一样，时而给你个下马威，时而来一个艳阳高照。回想起来，心头总感觉错失了什么。

前几天同学和我说，她来辽大参观了。我不禁哑然，这大冷天，草木都还没发芽，冬天还牢牢占据着每一个角落，这样的校园有什么值得一看的？

直到那一天，晚饭后独自在校园漫步，不觉天色全黑，黑暗中一颗孤星在注视着我，就这样走到了操场。雪后的操场寂寥无人，唯有看台周遭的照明灯还辛勤地工作着。跑道和大部分场地都被积雪覆盖，只有一条清理出来的仅供一人通过的蜿蜒小路伸向操场的彼端。带着略微好奇，我沿着小路走过去。大概是在小路中间的位置吧，我抬眼一望，头顶是黑黢黢的夜空，环顾四周，到处都是明亮的灯光，我和我的影子一起站在偌大的操场之中，好像置身于镁光灯聚集的流光溢彩的大舞台上，没有任何的观众，能回应我的只有深沉的夜色和天边似有若无的孤星。恍惚间，感觉自己真切地站在世界中央，独自拥有一个世界的悲欢，感受心海的澎湃。这一刻，我就是主角。也许古人的"恬然无思，淡然无虑，以天为盖，以地为舆"和这异曲同工吧。

我好像明白了，原来在已将"风景都看透"的辽大校园里，也能发现不为人知的一面，而进入辽大以来我所失落的，不正是一颗善于体味的心吗？对于来参观的同学而言，辽大好似一瓶新酒，值得一尝；对于如今的我，辽大就像一杯粗茶，还需细品啊。看来，我与这座校园的情愫不早不晚，才刚刚开始。想到此，那些逝去的时光忽地明亮起来，那尚在沉睡中的一草一木仿佛又一次焕发生机了，心中默念了一句：幸好有你。

辽大，幸好有你。我可以像个任性的孩子，假期前对你潇洒地告别，开学初向你轻声地问候。

辽大，幸好有你。在你的怀抱里，我要找寻更好的自己。有你的守护，不畏寒暑，何惧风雨。

（段雨霖，辽宁大学文学院汉语言文学专业 2015 级本科生。）

那个夏天

曹　阳

那个夏天，有温柔的穿堂风，当然也有躁动不安的闷热气息；

那个夏天，有细腻的毛毛雨，当然也有不期而至的滂沱大雨；

那个夏天，有狂欢的毕业季，当然也有漫天飞舞的"五三"试题。

那个夏天，有你，有我，当然也有，我们的故事。

——致我们终将逝去的时光

仿佛就在一瞬间，周围的一切都变了，熟悉又陌生。

红红火火、热热闹闹的新年味道依然飘荡在大街小巷的每一个角落，准高考生的教室里却已开始上演另一场好戏。

笔尖的唰唰声第一次作为人生中最美妙的音乐响彻在教室的每一寸土地上，没有谁再去八卦传字条，没有谁再去发呆开小差，身体与课桌间不变的45度角成为打造学霸、学神的新一条黄金准则。

教室后墙上"不忘初心，方得始终"八个字远没有黑板上"高考倒计时"五个大字醒目。鲜红的数字映在血色眼睑里是那么触目惊心，执迷不悟的人还在慷慨激昂地谈论着自己最初的梦想，头脑清醒的人已经又默默地抱上了一本综合卷，开始新一轮的刷题。

各科老师好像也在一夜之间变成了抢手货，没有人再去猜测数学老师是否又去和她风流倜傥、英俊潇洒的小男友约会，也没有人再去挖掘英语老师带着海蛎子味儿的口音里究竟暗藏了多少笑点。下课、晚课、答疑课，能看到的，只有要赶着去上下一节课的老师和一个又一个抱着试卷不放老师走的学生。

超市里的咖啡突然变得特别畅销，渐渐成为助考的一大神器。醇厚的浓香味道从清晨一直飘到深夜，却还是无法掩盖住一个个昏昏欲睡的小眼神，还有此起彼伏的哈欠。

作业永远是做不完地做，习题永远是写不完地写，眼镜片越来越厚，高考试题却并没有因此减少。出去玩耍的人越来越少，教室里奋笔疾书的人越来越多，体育活动课渐渐成了班级自习课，每一个人都知道，时间不等人，错过了就没有了。

渐渐地，每一个人都开始变得越来越敏感，开始因为一场场大大小小的考试变得易燃易爆、易喜易悲。一次成绩确实代表不了什么，然而却没有多少人敢确定自己能在高考这场赌局中赢得最昂贵的筹码。

蠢蠢欲动的少男少女心似乎停止了跳动，早已被扼杀在萌芽状态中。暗恋就像是场小感冒早已随着高一高二那些扯淡的日子匆匆逝去，学弟学妹们鼓起勇气送出的一封封情书被埋葬在厚厚的题海里，无暇去幻想和顾及。"分别是为了更好的相遇，有缘来日再相见"开始成为一些人恪守的信条。

毕业纪念册就在那么不经意的一瞬间热销了起来，一向呆板木讷的眼镜男竟然在上面写满了各种难舍难分的矫情话语，仔细看看毕业照片，忽然发现平日里一向严肃的班主任第一次笑得那么灿烂。

一切的一切，似乎都发生在了那个夏天，那个快乐的季节，那个忧伤的季节，那个我们谁都舍不得说再见的季节。

午后斑驳的阳光洒落在那本高中同学录上，清风拂过，恰到好处地翻过了一页又一页，密密麻麻地全是些温暖的字眼，手中的咖啡杯里飘过的依旧是熟悉的味道，坐在大学校园的长椅上，有那么一瞬间，我开始想念，那个夏天，那段曾经只属于我们，却永远不会再属于我们的时光。

据说青春里发生的一切都不会被忘记。

纵使时光不倒流，岁月不停歇，至少，我们曾一同走过那个夏天。

（曹阳，辽宁大学文学院汉语言文学专业 2015 级本科生。）

心之所向，素履以往

李　想

你我皆凡人，生在人世间。终日奔波苦，一刻不得闲。

——题记

最近在知乎上看到一个问题，说是如果你可以回到高三的那个夏天，在距离上课还有四分钟的时候，你会对自己说什么？人们的回答千奇百怪，有人说他要代替自己再上一堂课；有人说他要告诉自己，当三年后北京大雪纷飞的时候，要告诉女朋友，他会回深圳的；有人说他会告诉自己要多陪着外婆，因为高考后就再也没有机会了……

"黑板上排列组合，你舍得解开吗？"

小明是个不聪明而又不勤快的男孩子，他打架、逃课，每天不按时完成作业，不积极承担班级工作，不是老师心中的好学生，家长眼中的好孩子。可在高三的那个夏天，小明心境有了些不同。和所有笨拙的男孩子一样，他对前桌女孩子的喜欢幼稚而又单纯。他会每天在她背上贴纸条，他会每天和她装作偶遇，然后再装作爱搭不理的样子，其实心里早就乐开了花。但是，成长最大的悲哀莫过于同龄的女孩子永远比男孩子要成熟。他的心思，她都知道。

不久，小明在操场上遇到了一个和自己很相似的人，在他的怂恿下，小明勇敢地说出了自己内心的想法。

终于，小明没有和她天各一方，而是在南京城里携手，直到步入婚姻殿堂。

187

小明很感谢那个人，但是那个人却很羡慕小明。

小明永远都不会知道，那个人和她的结局是彼此安好，却无微信。

人为什么会悔恨？因为人们总是责怪当时的自己没有勇气，无法坦诚地说出那句简单到不能再简单的话。即便当时处在没有什么可以失去的年纪，人们却依然会瞻前顾后，依然会小心翼翼，留下的，不是所谓的面子和尊严，而是若干年后的悔恨不已。小明是幸运的，因为他最终说出了那句"黑板上的排列组合，没有你，我解不出来"。

"你在南方的艳阳里大雪纷飞，我在北方的寒夜里四季如春。"

小桐是个高才生，是一个在一模、二模中稳列市第一的学霸，他的梦想是上北大，尽管他的女朋友并不能考上。可尽管如此，在别人的眼中，他依旧生活幸福，人生圆满。

和往常一样，小桐会在下午五点一个人在操场散步。突然，他遇到了一个和自己长得很相似的人，只是那人面容更加憔悴，神情更加沮丧，眼镜框下是重重的黑眼圈。小桐一脸茫然，那人却一脸焦急。

"我的时间不多了，麻烦你听我说！"

"填志愿的时候，不要报北大，因为北大的生活并不如你想的如意。"

"三年后的秋天，你会收到一张明信片，麻烦你赶紧回到深圳。她在欢乐谷等了你一晚上。"

"四年后的夏天，她来北京，不是为了英语，而是为了你。"

"拜托你了。"

说完，那人便头也不回地离开了。

小桐觉得莫名其妙，根本没有将它放在心上，而是自顾自地回了教室做新的一套模拟题。一个月之后，小桐如愿以偿地考上了北大，如愿以偿地学了经济，如愿以偿地成了人生赢家，而代价是他再也无法和远在深圳的女朋友见面。北京到深圳的直线距离是两千多公里，是北京儿化音到粤语区的区别。小桐万万没想到，两颗心的距离，真的会因为这个而变远，直到无法靠近。

多年后，小桐终于听懂了《南山南》，那不是无病呻吟，而是最后无可奈何的悔恨。

人为什么会悔恨？因为很多时候，即便我们知道了问题的答案，却依然会向着自己认为对的方向而去，即便为此头破血流，即便为此倾尽所有。这不是愚蠢或者固执，而是相信自己的选择，哪怕事实证明它并不那么明智。当小桐看着北京夕阳里的北海公园的时候，他的内心是想念深圳湾公园的。只是，他在北海北，她在南山南。

"时间都去哪儿了，还没好好看看你眼睛就花了。"

双儿是个大山深处的好孩子，她不会给在千里之外打工的父母添麻烦。她每天早上四点起床，烧火做饭，照顾外婆，六点上学，十二点再回家做饭，一点上学，五点再回来。

这样的生活，周而复始，从有记忆起一直到高三。

双儿的内心或许是厌烦的吧，但她从不会因此多言。她觉得，只要自己能通过高考走出这座大山就好了。当自己被千里之外的学校录取的时候，又有谁能阻拦自己出去呢？于是，双儿天天都在努力学习，她的成绩虽然算不上优异，但至少可以去省会城市上学。

高考临近，外婆的身体却不太好，已经住进了医院。双儿必须在医院和学校之间奔波，书包中背着沉沉的复习资料，手上拎着重重的饭盒，嘴里不情不愿地嘟囔着什么。

那天在医院的楼梯上，双儿遇到了一个女大夫，她的模样因为逆光而看不清楚，但语气却是那么严肃，容不得别人反驳的样子："去陪陪外婆，你很快就会永远失去她。"

那一瞬间，双儿忽然想起来，小时候外婆给自己读书的场景。不识字的外婆不是在读书，而是在背书。她会事先照邻居的话反反复复读，一个字一个字地对下去，偶尔记不住的字，就会用食指狠狠地摁住而不让双儿看到。外婆不认字，但她却教会了双儿认字。

双儿回到病房，默默地将复习资料放到床下，静静地听着外婆讲过去的故事。

高考那一天，双儿没有参加，但是她却陪外婆走完了最后一程。

双儿复读了一年，考上了上海的一所医科大学，毕业后回到家乡，成为一名大夫。

人为什么会悔恨？是因为后悔的代价太大，大到我们一时无语凝噎。能当机立断做出选择的人，永远都是少数，大多数人，都会在深夜里掩面哭泣，回想着当时当地的场景而嫌弃自己无能。可如若真能重来，你是否能做出选择呢？在双儿以后的岁月里，她永远不会说出"我们尽力了"这句敷衍的话，因为她会想到当时的自己。她只会对别人说"多陪陪他吧。不是为了他，而是为了让你自己不后悔"。

我常常在想，是什么隐藏在了人们千奇百怪的回答的背后？人们又为什么会悔恨呢？有的人，因为过去而悔恨，可每一个你厌恶的现在，都是你不努力的曾经造成的，你的悔恨，只会给未来的你徒增烦恼。有的人，因为现在而悔恨，可却对着别人说"活在当下"，可你自己呢？明明可以挽回的事情，又为何不肯尝试呢？有的人，因为未来而悔恨，但未来毕竟没有到来，只要他还是未知的，我们就可以认为他是幸福快乐的。没有人知道为什么会悔恨，但每个人都在悔恨。或许是在漫漫长夜里掩面哭泣，或许是在阳光万里中尽情奔跑。但这并没有什么不好，因为这能说明，我们还活着，有血有肉地活着。当你麻木的时候，你是不会悔恨的。

我们不是小明，我们也不是小桐，我们更不是双儿，我们是我们自己。我们的故事，还没有哪个陌生人来告诉我们答案。我们本来就还有无数种可能，我们可以不再悔恨。

故事的最后，送给大家一句我看到的话，也是我觉得最好的话——"心之所向，素履以往"。

愿喧嚣尘世，将你我遗忘。

愿你还是记忆里，那个不让所有人失望的仗剑屠龙的少年。

（李想，辽宁大学文学院汉语言文学专业2016级本科生。）

我在中文系的日子

张智禹

虽说春寒料峭，到底不比严冬，东风夹着点湿气，透出转暖的意思。早起上课，心生欢喜，即便是满眼寥落，也比夏花灿烂。缓步走向博雅楼，开始我的新学期生活。

十八岁读大一，二十三岁读研二，青春不再，身份未改，我依然身处新校区，我还是属于文学院。三点一线的生活平静而自然，点点滴滴恍如昨日，毕业之时却为期不远。倒想起孙悟空在菩提祖师那儿学艺七年，不识年月，只记得山下桃子熟了七次，饱饱地吃了七回。我在辽大读书，恍恍惚惚，只记得博文楼边的桃花开了六次，细细看了六回。

除了吃桃，孙猴子还学了筋斗云和七十二变两样法术。我呢？惭愧不已。青春太好，好到怎么过都觉得浪掷，回头看时，都要生悔意，总觉得荒废太多，错过了太多。若说倾力而为的，也是两样，一是写，二是读。我太固执，坚持了六年；我太幸运，享受了六年。

初到中文系的人都怀着一个作家梦，听到的话却是"中文系不培养作家"。我们当然反对，写作是伟大的，每一个迸发灵感的夜晚都是上天的馈赠，每一个用心敲打的文字都是才华的证明。慢慢地，这份热情磨没了。中文系的确不培养作家。我们读了很多作品，学了很多理论，眼光越来越犀利，见识越来越高明，既有自知，便要自弃，大师名著尚被批判，何况我等毛头小子？

然而，我不甘心也不服输，有人与我志同道合。这些不都出自中文系，却都有着爱写作的心。我们混在一起，总要做点什么，于是去记者团，写新闻写专访写散文，办文学社，请作家搞活动，做杂志，最简单的就拉个群胡诌八扯，聚个会谈天说地，乐在其中。当然也有痛苦，写不出稿子的时候，拉不到外联的时候，文章被退稿的时候，杂志要停办的时候，走到最后，发表文章无几，杂志终于寿终。珍藏几张报纸，几本杂志，经年之后，还是感动。

想想过去，重心在"写"，看看现在，变成了"读"。"读研"，诚不虚也。古代典籍、现代著作、学界新书等，浩如烟海，多且广，博而专。与其说徜徉书海，倒不如说是一叶孤舟，漂泊无定。较本科时长了几岁，又多读了几本书，心境变得平和。再也不反对"中文系不培养作家"之类的话了，而是满心期待着做个学人，就连朋友圈转发的文章也悄然由文学作品变成了学术文章。学业繁重，文债如山，每每对着电脑发呆发愁，生怕师友责怪，更怕辜负初心，个中辛苦，不足道也。然而苦中之乐，还是因为读，因为写。学术必须精彩，论文更要漂亮，文从字顺是基本要求，夺人眼目是一大目标。于是要多读多写，多读才有底气，多写才易掌握技巧，那种求知的满足、思考的自由、完稿的欢喜，让一切辛苦都烟消云散。

转眼间，我已在辽大待了六年，也在中文系待了六年。深夜时分，孤灯之下，看看手边的书架，看看眼前的屏幕，时间像停滞了，更像是倒流了。回到六年前，我走进了中文系，回到九年前，我选择了读文科，回到二十年前，我拿起了人生的第一本书，幸运的是，这本书一直没有放下。有一天我终将离开辽大，终将告别中文系，但我永远是辽大人，永远是中文人。阅读使我宽厚，写作使我灵秀，珍惜我在中文系的日子，于平淡中享受务实的欢喜。

（张智禹，辽宁大学文学院中国古代文学专业 2015 级研究生。）

邂　逅

张　婷

与你相遇，是场最美丽、最温暖的邂逅。

——题记

　　一年以前，你之于我，只是一个大学的代名词。在我心中，你只是一个我将要生活四年的很普通的地方。在自己无法进入理想的大学之时，对于你，我是无奈的，只是觉得命运使然，我不得不来到这里，走进你的怀抱。然而，你却给了我一场不期而遇的惊喜。

　　初见你时，仅仅只是你那伟岸高大的"东北亚第一校门"就给了我太多的震撼。还记得，当初的我，提着笨重的行李箱，抬头仰望，不禁几多感慨，我慢慢走向你，你亦向我微笑，张开你那宽广却又十分温暖的怀抱欢迎我。

　　我带着几分不甘、几分无奈还有几分期许走进了你，而你，却一次次地向我证明：我是错的，你是一个值得让人留恋、让人眷恋的地方。

　　在之后与你相处的日子里，我渐渐发现：自己错了，错得很离谱。我一次次欢呼，一次次雀跃，在你带给我的这方新天地之中。你带给我的，是欣喜，是感动，是成长，是……我很庆幸，当初没有舍弃你，而你，也未曾放弃过我。

　　我一次次流连在博文、博雅、方圆、励行、文华等楼之中，在这里，我收获了知识、友情；我一次次漫步在被重重夜色包围的小路上，在这里，你能够带给我安宁、平静；我一次次停留在有如明镜的小湖边，微风轻抚我的面庞，你带给我的是灵魂的涤荡；我一次次穿梭在你那重重叠叠的书架之中，图书馆上空，总是有蓝蓝的天空，在她的怀中，云很心安，而图书馆中，有古老而又崭新的故事，要说与你我听，在你怀中，我很安心。我常常走在你那有些笔直，偶尔也会弯曲的小路上，轻轻拾起一片落叶，你孕育了他们，也孕育了每一位辽大人，你对于我们，不仅仅只是一所学校，更是慈母。

妈妈总是埋怨我，说我走得太远了，而且总是不愿意回到她的身边，她不知道你的好，不明白我和你的点点滴滴。此后，我会把我们的故事说给她听，我想，她也一定会喜欢的。

时光老人总是不停地走啊走，不愿意放缓他的脚步，不知不觉间，我已经在你的陪伴下，走过了两年的时光。两年之前，我不曾认得你，你也从未认得我，唯望两年之后，你因有我们而更加辉煌！

（张婷，辽宁大学文学院汉语言文学专业 2015 级本科生。）

心暖御秋凉

程誉慧

九月，桂花的清香驱走夏日的酷热，道旁梧桐影斜，婀娜多姿。秋蝉吟咏这秋风落叶，而我也离开了深爱的故乡，来到了这个陌生的城市——沈阳。

父亲说，这是他当兵的地方，这里有他的情怀。而对于我来说，这里却是梦想起航的地方。

初入大学的那一刻，红瓦白墙，青树翠蔓。草木还未来得及褪下夏衣，一切都是生机盎然的颜色。来往行人映入我的眼眸，我很欣喜，但不愿承认，我内心的某个深处，离愁别绪悄然泛起涟漪。

初次离家，想象着那"一枝淡贮书窗下，人与花心各自香"的静谧时光，怀理想带我扶摇而起，直上九天。那个早晨，我的脸上一直满载着欢欣。

然而悲伤绝不会固守本分，在父母转身离开那一天我目送着父母的背影渐行渐远，心灵的堤坝轰然坍塌，泪水滂沱，不禁想起龙应台那句话："他用背影默默告诉你：不必追。"

然而我始终是知道的，雏鹰不舍温巢，就永远无法拥抱天空；海燕贪图安逸，就永远无法搏击风浪。人，都会贪恋温暖，然而我们终究要成长，要张开翅膀迎接狂风骤雨，才能迎来春暖花开。

而这里是我丰满羽翼的地方，知识航船载我驶向远方。苏轼曾言："此心安处是吾乡。"早晨的瑟瑟秋风，不是我前进路上的高墙，却是磨砺吾志的砥石；傍晚的烟雨斜阳，不是我前进路上的阻碍，却是装点吾心的旖旎之色。

又是中秋之夜，本应家人团圆，那悬于夜空的皎皎银盘又无端扯出多少异地学子的孤寂长吟？有人曾说："孤独是一座城。"然而在我看来，内心的坚强才是一座城，为我抵御风雨侵袭，护我初心不变。

寝室的言笑晏晏，抚慰无处排解的忧郁苦闷；老师的贴心关怀，点燃自强奋进的豪情壮志。虽与父母相隔千里，但爱却从未损减。共同仰望那一轮明月，天涯也不过是咫尺之间。

我已不再踟蹰，而是张开双臂，迎接未来。

（程誉慧，辽宁大学文学院汉语言文学专业 2016 级本科生。）

晨读随想

王 聪

　　起床再艰难，被这么明媚的阳光一照，便觉得多难都值了。总是怕晒黑，但却舍不得戴上帽子或打把伞遮住这阳光。

　　足球场的草坪无人打理，野草将其占据，这一片黄那一片绿，有的地方还露出了土壤，不过满地黄色的小野花倒是把足球场点缀得可爱了起来。草坪上有三只鸽子和两只喜鹊。我离鸽子们还好远呢，它们就扑棱棱扇着翅膀飞走了，真是群机灵敏感的小动物！倒是那两只喜鹊黑黑的羽毛泛着光，有着白白的肚皮，在草坪上蹦跶着。不一会儿，它们也飞到树上隐匿了踪影，只能看到忽隐忽现的尾巴了。

　　晨读的地方是块方形的网球场地。旁边的场地上已经有人抱着书大声地朗读起来了。挂背包的时候，看见了一棵折断了的大柳树，它的一节树干已经空了，里边都是泥土，上面长满了野草，这里俨然成了草儿们的家。但这棵大柳树的枝干上却布满了绿叶，其中一条柳枝还探到了场地里来。长短不一的柳条一条条垂下，而柳条上也已开始结出柳絮，但现在还未到柳絮纷飞的季节，它们一小串一小串地挂在枝条上，和柳叶三五片间隔着，像极了悬挂在门前的珠帘。只不过这"珠帘"还散发着植物的芬芳。这味道，便是生命的味道吧。

　　这棵柳树后面，有一排高大整齐的白杨。学校的绿化很好，树木品种繁多，但数量最多的，还得数白杨。白杨长得特别直，连旁枝都冲着上长。看着它们，不禁让我想起茅盾笔下的白杨，重新回味了一遍，才发现他的描写确实十分形象。

五月的东北算是初夏时节，白杨的枝叶把网球场遮得凉凉爽爽，密匝匝的树叶投下的影子像是织得不均匀的网，风一吹，网就跟着动，树叶间隙里由阳光投下的小光斑也随着晃动，直晃人眼。

读了一会儿书就听到了以前没听过的鸟鸣声，这叫声不是喜鹊，也不是啄木鸟笃笃的啄木声，更不像麻雀的叽叽喳喳声，这鸟儿的叫声异常清脆，又有节奏，可它不常叫，每隔一会儿才能听见。它在说什么呢？抬头望，也只能看见被阳光照得发亮的白杨叶片和半隐在叶片间的喜鹊尾巴，这位新朋友的影子我却一丝都寻不到。明天，这小家伙还能不能在这里欢快地唱歌呢？

回去的时候，忽地想到明年这个时候就要离开校园了。大学的日子过得倒是平平淡淡，但我一想到要离开生活了四年的地方，就更想加倍珍惜现在的时光。

（王聪，辽宁大学文学院文艺学专业 2015 级研究生。）

那年那寝那些人

叶兴才

事情是这样的，我要写陪我度过大学四年的好朋友们，也就是辽大 2011 级中文三班和四班的那帮男人。他们可爱又聪明，在 B5 寝室离天空最近的地方（六楼），每当流星划过夜空，他们都会站在窗口痴痴地仰望，思考怎样消除世界上纷扰的战火，保护人类赖以生存的地球……

事实上，男人们很少仰望星空，只有每年毕业季的晚上他们偶尔会探出头看看，然后说："又有人的暖壶摔碎了，哈哈！"

一年，两年，三年。

男人们连续当了三年年度摔壶晚会的观众。这一年的六月，轮到他们自己当主角了，可是他们并没有摔壶，虽然别的男人都摔了。因为，有些记忆会刻在心里，不需要任何仪式作为见证。

还是说这帮男人，为了方便管理，他们被分成四伙，每伙四个人，安置在 B5 六楼西南侧相连的四个寝室。

先说我们寝室——663 寝室。

每个寝室好像都有那么一个胖子，663 寝室的那个胖子就是张广泰。

张广泰来自并不都是"风吹草低见牛羊"的内蒙古，比我矮半头的他，体重超出我二三十斤，肤色也比较白，活像一大块奶酪。有次我想问他那么白又那么胖是不是天天喝牛奶，可是很快就打消了念头，因为我怕他会回问我："你那么白又那么瘦是不是天天吃雪？"

张广泰人缘不错，很热心，大家亲切地称呼他"广泰""泰哥""太太"……他每次从家里回来都会给大伙儿带牛肉干和奶糖，以至我有段时间非自由驰骋在内蒙古大草原之牛制作的牛肉干不食，非食用大草原无公害青草奶牛之奶加工的奶糖不食。

平时事无大小，有求必应，很多令人棘手的期末复习资料都是广泰兄整理，在663寝室的地位仅次于曲亮，而且他还慷慨地把这些资料赠予下届的学妹们。

此君精通修电脑，在三、四班男人们的眼中简直就是神一般的存在。663寝室有四大颠扑不破的真理：没有曲亮看不懂的教材，没有向南用不完的发胶，没有我弄不坏的闹铃，没有广泰修不了的电脑。而且此神召唤极其简单，只需一句："广泰你帮我看下电脑。"要不就问："广泰呢？"

此君的一大癖好是上厕所的时候玩手机，常蹲不起，相当投入，让人怀疑单纯地上厕所或玩手机是否需要这么长时间。

最让人佩服的是广泰谈了一场四年不分手的恋爱，两人最终双双考入了一所北京的985学校读研，愿君早日修得正果。

接下来咱们谈谈徐向南。

徐向南是沈阳本地人，说着一口标准的沈阳话，喜欢在名词前加人称代词"咱"，如"咱妈""咱家""咱学校"，给人一种亲如一家的感觉，但有一种情况除外——"咱女朋友"。

此君酷爱诗歌，很有才华，是一位小有名气的诗人。至今我还记得，在那些平凡的日子，我和向南一起朗诵北岛、舒婷的诗，很让人怀念。

除了诗歌之外，此君的一大爱好就是捯饬头发，每隔三个月都要定期去烫发，每天起床后要花半个多小时洗、吹、喷。向南脾气很好，但如果你非要惹他生气，只要轻轻碰一下他的头发就好了，我保证他马上会蹦起来打你。此人发型比较蓬松，四周向中间围拢，我称之为"鸟巢"。

徐诗人的另一大爱好就是吃饭的时候对着电脑看电影，身体前倾45度，并伴随着规律的抖腿动作，如果向南是一台缝纫机，那工作效率想必相当高了。

大二之后，向南忙于参加各种文化活动，在学校的时间越来越少，663寝室的常委男人们也很少有机会聚全了，偶尔几次回来，向南都会给我们带些小点心，其中一种叫"瓦片儿"的点心很好吃，让我至今念念不忘。话说向南啥时候会再给我带点呢？

另附轶事一则：附近寝室某君常常到我们寝室找向南，推门直呼"向南"二字，声音非常有磁性，如优雅少妇，进门后则斜倚在向南椅子的扶手上，身姿曼妙，情意绵绵，而向南安坐于椅上，满眼慈爱，似乎也乐此不疲。

最后来说说曲亮。

曲亮来自大城市铁岭，身材苗条，皮肤白皙，碾压无数小鲜肉，但这并不影响他在我们心中崇高的地位。每逢期末考试，附近寝室的男人们都要执一炷香，来 663 寝室拜一拜考神曲亮，以求考试不挂。当我们像狗一样背题的时候，亮兄都可准时入睡，泰然自若。

此君不仅善于学习，而且身怀三大绝技：一是吃泡面务必要一口吸进，中途从不咬断；二是自动调节体温，冬暖夏凉，似乎一年只需要一件衣服；三是练就一身"滑刺溜"的绝技，每逢冬天路过冰面，必能迅速滑过，堪比凌波微步。

亮兄是一个十足的禁欲主义者，平时很少见他吃肉，也不怎么近女色，最大的爱好就是玩三国杀。但似乎也有例外，有一次我邀请他和女生打羽毛球，曲亮羞答答的，有些扭扭捏捏，开始不同意，可后来还是半推半就地答应了。

曲亮做事很认真，为人也很善良，有什么事交给他肯定靠谱，忘不了在我很迷茫的那段时间他对我说的那些话。他平时话不多，喜欢站在窗边思考，思考什么呢？四年来我一直没想明白这个问题。

亮兄的研究生阶段也在辽大度过，而且和我分在了一个楼层，每天去水房洗漱我都能看见他。

以上为"那寝"系列的第一部分，至于第二部分何时着笔余亦不知，因余深知众位故友热情奔放，免不得触文生情，找我喝茶买表，想必日后诸事繁忙，如有意外，后会无期。

（叶兴才，辽宁大学文学院中国古代文学专业 2015 级研究生。）

那一场无关风月的邂逅

——谨以此文献给我最爱的图书馆

马明明

　　一直很喜欢"邂逅"这个词，《诗经·郑风·野有蔓草》曾记载："野有蔓草，零露漙兮。有美一人，清扬婉兮。邂逅相遇，适我愿兮。野有蔓草，零露瀼瀼。有美一人，婉如清扬。邂逅相遇，与子偕臧。""邂逅"亦出自此处，隐含两个人之间，尤其指青年男女间偶然产生某种短暂或长久的情愫的遇见，这也是"邂逅"的最普遍定义。现亦指不期而遇。与你的邂逅，无关风月，你仍是我至今为止深深为之倾倒的君子。邂逅相遇，适我愿兮，致我友兮，图书馆君。

　　写这篇文章时，窗外，雨势渐小，刚刚从倾盆大雨的状态下喘了口气。大概是雨太累了，也需要歇歇吧。沈阳的大街上雨水肆虐，如一片汪洋，真真地印证了怒江街、黄河大街、长江街……这些地名是经得起考验的。室友踏雨而来，难过地向我展示狂风骤雨后的新形象，我奉上一杯热茶，微笑着听她的抱怨。当听到她在大雨倾盆时邂逅了一个笑起来有酒窝的男生，傻傻地站着以至于淋成了落汤鸡时，微笑变成了大笑，她当即气愤地表示我不解风情，我懒洋洋地回她一句："矫情。"室友变脸的技术可谓一绝，她靠近我，像一个不怀好意的八卦者，说道："喜爱文字的妮子总是矫情的，你敢说你不矫情？你敢说你没有邂逅的经历？分享一下嘛！"

　　仔细想了一下，我向室友坦白："第一个问题，我承认喜爱文字的女子多少有些矫情，常常凝望、深思、静默，见风不是风，忆花不是花，总是不合时宜地伤春悲秋。第二个问题，作为一只资深单身狗，我美好的邂逅经历可能只有他了。""他是谁？"室友急切地问道。我端着手中的香茗，思索良久，抛出了一个最喜闻乐见的答案："你猜？"

看着室友抓狂的样子，我却在她的气急败坏中静了下来，拉着室友，在这寂静的夜晚，因着"邂逅"这个词，静静追思有关我和他的故事。

我承认自儿时起就很矫情，以文字结伴，与书本为友，喜欢读书，喜欢静坐，喜欢一个人的生活。这种状态就像别人说的那样：俗世喧闹，红尘浮躁，在读书的瞬间，这一份宁静的自得，真挚而纯粹。虽曰"自得"，实则不亚于酒逢知己的酣畅淋漓。歌德的话言犹在耳，"读一本好书，就是和许多高尚的人谈话"。我时常驻足在图书馆里，爱上的也是那种安静，闻着飘来的书香，坐在安静的一角，心也会慢慢沉淀。漫过时光的罅隙，与一颗心灵安静地对话。

我在图书馆的一天是这样开始的：清晨，在图书馆寻一本好书，看倦了便抬眼看看图书馆的景象。二楼大厅、自习室、走廊，甚至楼道转角处，都已回荡起或铿锵、或悠扬、或熟练、或顿挫的读书声。晨读的学子们，或坐，或站，或倚，或怡然自得地仰天长诵，或默然低首唇角微启，情态各异，不一而足。激情与梦想在校园的图书馆中荡漾，书香、青春与朝气交织在一处。每每这时，在自习室看书的我，总会和着这景象努力地追逐有关自己的梦想。

安静的午后，去二楼的咖啡厅买一杯咖啡，到三楼的文学资料室寻一本书，觅一个静静的有着阳光的角落。刚想说看些什么，室友插嘴道："观梁园月，赏洛阳花；叹沈园柳，闻雨霖铃；风雪时旗亭画壁，兰亭畔曲水流觞；被唐诗道破心事，被宋词看破相思。有的书，不过薄薄一本，淡淡情味，饶有深趣，在悠长的岁月里慢慢读来，可以知心；有的书，情深义重，悲天悯人，天地之间，可谓知己；有的书，声气相求，嗜味相投，那便是知音了，人海里形形色色的相遇，书海里纷至沓来的相知。"我大呼好文采，她脸红红的，告诉我说："看到散文网里的好句子我就记下来了。"真是一个爱看书的小女子啊。

夜晚的图书馆静静的，或和下午一样悠闲地看书，或与友人交谈读书的感受。不同的朋友，谈同样的书，也有不同的情味。有时是一场轻松的闲聊，天南海北古今不拘，有时是一场严肃的对话，正襟危坐汗如雨下。"音实难知，知实难逢，逢其知音，千载其一乎！"室友接道："知音难求，世间最幸运的事莫过于拥有两三知己，如同你我，相逢相知，读书畅谈，乐在其中。"

"甚矣，书之多厄也！由汉氏以来，人主往往重官赏以购之，其下名公贵卿，又往往厚金帛以易之，或亲操翰墨，及分命笔吏以缮录之。然且裒聚未几，而辄至于散佚，以是知藏书之难也。"（《传是楼记》）一直在想，古人是多么爱惜书，他们喜欢书，也善于藏书，但天一阁、汲古阁、文渊阁等有名的藏书楼所藏书的数量竟不能与我们的图书馆相比，而今我们坐拥书城，何其有幸，终是有缘。高山流水的故事一直打动人心，伯牙摔琴谢知音，只为一生一次的相遇相知。读好书如遇相知，终成莫逆。寂寞深夜时，可以暖人心怀；迷茫困惑时，可以解人愁苦；心灰意冷时，可让人重新燃起希望。书，是挚友，是净友，是密友，缓急可共，生死可托，一生一世，不曾相负。

"书卷多情似故人，晨昏忧乐每相亲。眼前直下三千字，胸次全无一点尘。"漫长岁月里，多么温暖的邂逅。

茫茫书海，有缘相知，有幸相遇，就是一段属于你我无关风月的邂逅。说到这里，我与室友相视一笑，静默不语。忽而那个小女子大笑："也罢！也罢！我还是赶紧远离，不打扰您老和男朋友图书馆君约会了。愿得一心人，白头不相离。"这会儿临到我气急败坏了："臭妮子，无关风月，无关风月啊！不过，你这样说也不错，我就是要和图书馆君一生一世。"

（马明明，辽宁大学文学院中国古代文学专业 2015 级研究生。）

所谓爱而不得

黄佳莉

所谓爱而不得，大概是最飘然的。每个人心中都有床前的明月光和心口的朱砂痣。

几个月过去，我刻意逃避有关他的一切，本以为真如前人所说，时间会磨平一切凹凸不平，却被他的几条微信拨乱了心弦，那种人生初次怦然心动的感觉依旧能够牵动每一个细胞，酸酸涩涩的，轻飘飘地膨胀着。于是，自以为隐秘地发出了本文的开篇首句——自己的不可言说的小小心事。

"也可能是蚊子血哟，小老乡。"

"那你是蚊子吗？"

"我就是粒饭粘子，还是在地上踩过的那种。"

我就知道，那么温柔的一个人，连拒绝都温柔得让人想落泪。我甚至有些庆幸，至少他看懂了，至少不是我一个人的独角戏。

凌晨两点的沈阳很静，舍友睡得很熟，极有节奏的呼噜声响彻于我的双耳。窗外好像在下着大雪，阴冷的风从窗缝钻进来，又掀开未遮严实的窗帘，小小的雪花融化在心口。一个人反复翻着聊天记录，想回味一下第一次表白被拒的语音，却发现早已经被删得干干净净，大概是当时哽咽着发出的语音太不堪入耳吧。关掉手机，掖好被角，躺在床上，默默想着"哪有那么多的如愿以偿"。

不是没有想过死皮赖脸地追，毕竟人们常说"女追男隔层纱"，如今我倒是懂了，前提是暧昧，不是单恋。这时候，勇气和倔强都不适用。

爱而不得，首先是"爱"。爱是飞蛾扑火，磷火热烈地烧，却感触不到痛楚，甚至暗自欢欣。再是"不得"，也许正是应了那句话"得不到的才是最好的"，于是心心念念，自我折磨。这大概是人生常态吧，毕竟，世上哪里有那么多机缘巧合和"刚刚好"。

与梦想大学擦肩而过，痛恨自己为什么不再加一把劲儿；错失了清晨的第一抹朝霞，悔于自己的懒散和惰性；只能看着图片上的名品豪宅，抱怨自己投错胎……我们一生都处于种种爱而不得之中，但其大多都可以弥补乃至重来，然而喜欢一个人呢？说句矫情的，世界上只有一个他。

于是乎，就藏在心底吧。做床前的白月光，点亮最初的怦然心动，记录那种独自酸涩而甜蜜的感觉，或长成心口的朱砂痣，鲜红的，结成相思，不纠缠，独自怀恋。或许很多年以后，我早已忘记了那人温柔的眉眼，那人低沉的声线，却依旧记得当初怦然心动的感觉，记得当初傻乎乎地写下这篇文章纪念爱而不得的自己。

（黄佳莉，辽宁大学文学院汉语言文学专业 2016 级本科生。）

同 行 记

罗 玲

夏末秋还未至，红的、绿的、黄的、粉的……彩色充盈着这个世界，穿过车水马龙的繁华都市，我携一纸通知书穿过拥挤的人潮，只为慢慢靠近你。

校门外偌大的石头上醒目的红色大字，提醒我们做个"明德精学、笃行致强"的人。又是一群年轻模样的少年，我跟着他们进来了。

我用我的资料与你交换，从此我便有了新的身份——140103325。记得那天，我身穿蓝色的衣裳。

推开门，寻找我的一片天地，还有同寝室的她们。遇见这三个人，便是一辈子的朋友。

还是第一次见到那么大的教室，容量同小礼堂差不多。某位漂亮姑娘，与我们同行又作别，我送她一只可爱小熊，感激在回忆的长河里流淌。

当冬天来临，我们也在增添衣裳，不管它好看与否，穿暖就好。洁白的世界里，有幸福的姑娘们在打雪仗。偶尔有一群人聚在某条路上，铲雪也是种乐趣。

十二月，长跑的那天，有你陪着，伴我迎来十九周岁。我在雪地上写下——愿你被这世界温柔相待。

最喜欢那个六层的教学楼，寒冬再冷也无妨，有人群的力量。你看，教室内、走廊上总有勤劳模样的人。

然后，整个你变得寂静。

还没待北方的春风吹起，我再次走进你，你再次深拥我。你还是你，安详里夹杂着书香；我还是我，沉寂中还有渴望。

我特别喜欢你的书香，喜欢那七层的房子，好像里面藏着世界上所有的秘密。

我特别喜欢四月末，花开了，四个人骑车绕着你漫游，迎接拂面的清风，沐浴最温柔的阳光。

我也特别喜欢那门课，讲述了整个行业的历程与荣光。

六月，或是面带微笑，或是面挂惆怅，有一群人要离开你。或许，从此天各一方。那深沉的学士服早已叠得整齐，放在桌上。

七月，我离开你，下过乡，为遇见你的一周年画上了圆满的句号。

再后来，你愿意与我重新认识一下吗？辽大，你好，我叫罗玲，但是我更喜欢你给我起的名字，独一无二的名字，我是 140103325。

你我不算是故人，但已经深知彼此。我深深爱着你，在未来不到三年的时光里，我依旧会贪恋你的怀抱。

我很感激你给我的庇护，让我开始相信缘分，与你相遇就是命中注定吧。人生中最美的青春四年，你给我温暖怀抱，伴我悲伤欢愉，赐我成绩与情谊，真的爱你。

在最美的年纪遇见你，让我们一起创造奇迹！

（罗玲，辽宁大学新闻与传播学院新闻专业 2014 级本科生。）

映雪湖的船

金世玉

蒲河南望，崇山北顾。

这便是我的大学。校园内有两处静静的湖。沿着南环路西行，至游泳馆，南望，便是映雪湖了。湖很静，即便是春日的风，也未能掀起波澜。只是慵懒的纹理被风拥着，三三两两，浮向停着的船。船有三只，一蓝，一白，一橙，依偎着，陪伴着风和波纹。

夏日。风转而藏了起来，不见一丝踪迹。天热得人透不过气，湖边的树把叶儿卷起，打着瞌睡，只有那三只船，灵巧地躲在宽大的莲叶下，露出得意的笑。

秋日，雨渐渐凉了，滴落在湖面，冒着泡儿，发出空空的响声，惊动了湖里的鱼儿。鱼儿冒出头，乐颠颠地追着水泡游。嗬！船儿也赶忙左右摇摆着，生怕水泡儿被鱼都夺了去。

冬日，未等雪来，湖面便结了冰，光亮亮的，能照进周遭的一切。那船儿便是镜中的景，仍旧是静静的，一蓝，一白，一橙，依偎着。夜，静了。雪悄悄地来了，给船儿轻轻盖上被子，厚厚的，生怕他们着凉。

船儿睡着，很甜，梦里哼着甜甜的歌谣，"蒲河南望，崇山北顾"。

（金世玉，辽宁大学文学院中国古代文学专业 2016 级博士生。）

第五章

钟灵毓秀

春与春思

王怡歌

　　最近的天气不像前些日子那般彻骨的寒了，只是再次踏上熟悉的街道，刮在脸上的寒风还是那么冷。巷道依旧沉稳，不紧不慢地斜眼看着过往的车流，落叶残卷着打着转儿，不知要去往何方，大概它自己也还在思虑阶段吧。

　　好奇心驱使下，我还是决定探索一番，冒着寒风去寻觅春色。沈阳的风可真是如影随形，老远看到一片枯黄，疾步上前希望能有所获，翻来覆去却未觅得一丝新绿，心中不免有些失落。看来小草们还需要再挣扎些日子才能与我们相见，大雪初融的世界已经等不及要见到你们了，所以，负责装扮春天的小天使们，让我们早点相遇吧，你看那远方依稀可辨的山顶已经有些许泛绿了。

　　沿着路一直向前，心中依旧抱有希望，万一遇见什么生命力超级顽强的生物呢。来到一片小树林前，树干看起来苍劲有力，刻满了岁月的沧桑，用手摸摸尚在孕育小嫩芽的树枝，冰冰的，滑滑的，却又充满了力量，一种说不出的敬意涌上心头，生命力可真是个震撼人心的东西，如此寒冷的季节却孕育着一整个春天。我思绪万千地站在那里，最终还是心怀感激地离开了。大自然赐予世界的感动是不经意的，也是刻骨的，它使得人世间的俗物们黯然失色，那一瞬间，我想到了三毛说的：如果有来生，要做一棵树。如果可以，来生我也想要做棵树，冬天满心欢喜地堆砌冰雪，春天意气风发地开满山野，夏天随心所欲地在风中起舞，秋天满含笑意地在田野收获。多好啊，思绪飘太远，竟久久回不过神来，远方又有风来催，我哭笑不得地加快了步伐，一路上满脑子都是绿色，尖尖的，嫩嫩的，仿佛要开出硕大的花来，又仿佛下定决心要铺满这华美静谧的大地。

我略微有些疲惫地回到自己的小窝里，打开门，不经意地往阳台瞄了一眼，目光瞬间被一抹惊喜的绿色吸引过去，来不及卸下包来就飞奔过去，兴奋极了，原来我苦苦追寻的新绿就在我的身边，在最接近我的地方，是我最熟悉的植物，而我却没有发现。这盆生命力极强的芦荟已经陪伴我两年，而我却从未认真地欣赏它、爱护它，如此想来，心中竟生出一丝愧疚。抬起头来再次看着这株沐浴在冬日阳光里的小可爱，心中顿时泛起阵阵涟漪，它谦逊却又害羞，坚强却也柔弱，当我看着它，我感觉到了最纯净的春意。

转身回到桌前，我迅速整理了书桌，给我的"春天"腾出一块地方来，认真而小心地将它放到我右上方的位置。这样每当我的头靠在撑起的左胳膊上时，我永远的新绿就会映入眼帘，美好恬淡地回应我的目光，占据我整个世界。

我想，或许春天无处不在吧。朋友们，别急着往前赶，你看那路两边，春天的花朵在悄悄盛放，一直蔓延到了你的脚边。

（王怡歌，辽宁大学文学院汉语言文学专业 2015 级本科生。）

活 物

江莹莹

　　南方的春天，对于自小长在南国的我来说，其实是有些厌倦的。从小到大对于春天最深刻的记忆，并不是如自古以来大部分诗人对阳春热烈赞颂的美好，而是带着一股潮湿的气息。这种潮湿的气息似乎贯穿整个南方的春天。永远晒不干的衣服，渗着水的瓷砖，清晨里满城涌动的大雾，都展示着它无处不在的身影，让我对"春天"这个仿佛生来就带有褒义的字眼感到有些麻木。而寒假的最后几天，当初春携着这股让我厌倦的潮气再次在这座北回归线上的小城里开始悸动的时候，妈妈说："我们上山去看桃花吧。"

　　每年这座山上的桃花开始冒出花苞时，全城的人便都知道，春天来了。妈妈提起赏花后的第二天，一家三口起了个大早，踏着覆满潮气的石板爬上了这座不高也不低却足以让我气喘吁吁的山。春天仿佛是掐得出水的，隐约的雾气在山间升腾，摇曳的嫩绿枝条昭示着整座山都在抽枝发芽。一步步往上，拐了个弯，我看见了春天的第一抹粉。粉与红两种色调在山腰上蔓延开，细看会发现还有些素白隐约可见。我端起相机近距离对焦，细小的露水还覆在薄薄的花瓣上，形状圆润的花瓣由花蕊展开，层层相叠，每一瓣都让人惊叹于那形状的完美和极度均匀的色彩。细细端详那一株花，仿佛能看到时间流动，每一瓣花都在奋力向外伸展，仿佛在全力挣脱一整个冬天的休眠。那力量是迟缓而强劲的，似乎它的茎脉下有着暗流不断喷涌，不知不觉间能着实感受到那股倾尽全力的呼喊。

　　我能听到那呼喊。我不知道该怎么形容这些花，这些细瘦的花枝，这些茎脉，我只想起了一个词：活物。

是的，活物。我想这是最直接、最清晰的一个称呼。花是活的，树下的杂草是活的，孕育这片山的土壤是活的，这一整片天地，就连那涌动着的潮湿气息，都是活的。我第一次在南国这股波动的潮气中感受到一种人们常说的春天里生命的气息，而不是十几年来我始终感觉到的潮湿发霉的气味。在这股潮气里，泥土是潮湿的，枝叶青翠欲滴，天地间都是朦朦胧胧的雾气，万物在这雾气里吸足了水，吸足了肥料和力量，在一个沉寂的冬天后，再一次苏醒。我举着相机在桃花林间乱钻，为桃花和蜜蜂，为风中摇动的青叶，为天地间所有活物，甚至那石板上的花瓣留下剪影。

初春的天色变化无常，下山的时候，山间突然下起了密密的小雨，雾气里夹杂着小雨更加朦胧。山路的另一侧人流并没有被突然而至的雨阻断，依旧络绎不绝。幼小的孩童被母亲拥在臂弯间，老人被青年人扶着，大家都在努力向上爬。我心血来潮地收起了伞，走到雨中去。

（江莹莹，辽宁大学文学院汉语言文学专业 2014 级本科生。）

沈阳的春天

刘玉亭

沈阳的春天是短暂的，它夹杂在冬天与夏天之间，于白雪皑皑之中姗姗来迟，又在烈日炎炎之下悄然而去。它来得太过仓促，以至于只有那满园春色能为它的到来做证。正是一夜春风来，百花竞相开。

沈阳的春天又是生机盎然的，凛冽的寒风不能抵抗春的攻势。在皑皑白雪下，绿意渐渐萌生。生机正孕育在枯黄的小草间、沉默的黑土中、浓厚的冰霜下。当第一抹绿慌慌张张地探出头来，春的攻势已然吹响号角。这抹绿虽小，却是不可忽视的。皑皑白雪，凛冽寒风，厚厚的冰霜都不能阻挡那抹绿的脚步。也正是这抹绿把旧地换新颜。树上是桃花生香，脚下是冰雪残留，这便是沈阳的奇丽的春景了。

沈阳的春天乍暖还寒。这是一个你穿什么衣服都合适，却又总是感觉不合适的季节。羽绒服、毛衣、开衫、卫衣、风衣……林林总总，这些衣物把大街变成了衣物展览会。因而，沈阳人对春天的概念大抵是模糊的。在春季里，选择着装对沈阳人来说是一等一的难题。

沈阳的春天吃食向来是不少的。冰糖葫芦的味道才从人们口中散去，春意便已化作菜肴走进家家户户。对沈阳人来说，立春是一定要吃春饼的。绿意被包裹在软糯的皮下，咬下一口，感觉简直赛神仙。蔬菜的清香、鲜嫩的汤汁，让人欲罢不能。春意从此便在人们的饭桌上铺陈开来。沈阳的春季饮食，取"鲜嫩"二字。只选取当季的蔬菜，小炒便可。简简单单的做法更能体现食物原本的味道。沈阳人要用清爽的蔬菜洗去冬季的单调与乏味，因而，野菜便是餐桌上不可或缺的食物。婆婆丁、苣荬菜、苦碟子……这是上天的恩赐，也是大自然的馈赠。谈起春季的美食，一定少不了端午节的粽子。粽子一直有南北之分。甜咸粽子之争源远流长。沈阳粽子属于北方粽子，糯米的软糯和粽叶的清香造就了这一道经典的美食。粽子可以撒满白糖吃，也可以包裹枣子吃。可谓满口留香。

沈阳的春天也许并不美丽，但却是沈阳人心里最暖的回忆，最缠绵的乡愁。

（刘玉亭，辽宁大学文学院汉语言文学专业 2016 级本科生。）

醉美九寨沟

张海漫

人生少不了一场旅行，跨过千山万水，只为跟随内心的脚步。

"噫吁嚱，危乎高哉！蜀道之难，难于上青天！"大巴车行驶在通向九寨沟顶端的路上，那崎岖的盘山路不免令人想起《蜀道难》。现如今的蜀道虽不及以往那种天梯石栈，却也是惊心动魄。车子终于爬到了原始森林，迎面扑来的不仅仅是呼入口中甘甜沁脾的负氧离子，更是那由内而外的寒意，这种寒冷是浸入骨髓的。循着布满青苔的石板路，看着林间自然枯老的树木横在地上，散发着历史悠悠的味道。就这么慢慢走，享受林海苍莽，享受日光斑驳，享受自然纯真。

听，是潺潺的溪水声。它虽少了"潭中鱼可百许头，皆若空游无所依"的景象，却拥有斗折蛇行、明灭可见的灵动。溪水指引我们来到天鹅湖畔——一个美丽的海子。它在阳光的照射下熠熠生辉，犹如一颗蓝宝石镶嵌在深谷幽壑中。跟上风的步伐，我们不知不觉来到了珍珠滩。"飞湍瀑流争喧豗，砯崖转石万壑雷"用来形容珍珠滩瀑布真是太贴切了。白浪滚滚，水流狂奔，汇入涧底。即使在盛夏时节，亦觉寒气袭来。扶栏俯视谷底，激流汇入，水色碧绿泛白，吼声如雷贯耳。

为了梦中的五彩池，我们踏上了另一条路。谁能想到就是这区区小湖，竟能呈现出苍穹一般的蔚蓝、嫩叶一般的柔绿、鸭梨一般的绛黄等颜色。当它沐浴在阳光之中，山风拂过水面，吹起一圈圈七彩的涟漪，我的心沉醉于此。化用张艺谋导演说的那句话，四川，是一个你来了就不想离开的地方。

饱览了九寨沟极致的美景，原路返回，突然下起了淅淅沥沥的小雨，雨丝如线，温柔地滴在身上，愿与你紧紧依偎。今生能见得如此诗情画意之景，不由得将九寨沟比作一位秀色可餐的女子，她"眉如翠羽，肌如白雪；腰如束素，齿如含贝；嫣然一笑，惑阳城，迷下蔡"。

轻轻的我走了，正如我轻轻地来。留恋那"水光潋滟晴方好，山色空蒙雨亦奇"一样的女子。九寨沟淡妆浓抹总相宜。

（张海漫，辽宁大学文学院汉语言文学专业2014级本科生。）

回眸，我心安处

张　培

　　我曾醉心于西安大雁塔的历史，也曾钟情于河南少林寺的古朴，我曾惊叹于北京王府井的繁华，也曾流连于济南趵突泉的梦幻，可我最不能忘怀的是独属于盛京城的磅礴与恢宏。

　　春天的盛京城像一个调皮的小姑娘，撒欢似的到处跑着，恨不得让全世界都知道自己的存在。昨天还手舞足蹈，怡然自得，今天便使小性子，一副何人都惹不得的样子，弄得大家无奈至极，不欢而散。可不是！盛京城的春天，时而风平浪静，温暖如春；时而乌云密布，寒冷如冬；时而阳光普照，热气腾腾；时而雨雪交加，凛冽刺骨，这不就是一个使性子的小姑娘嘛！

　　夏天的盛京城像一个爱闹的小男孩，精力旺盛，似乎永不停歇。除却夏季天气的风云变幻，最引人注目的便是盛京城内的烧烤摊。逢着傍晚时分，三三两两的朋友坐在烧烤摊前，左手拿着烧烤，右手举着老雪，一杯杯地碰撞出属于他们的友谊。当然，烧烤似乎并不是盛京人民夏天的专属。夏季的美食还多着呢！兴顺夜市那摩肩接踵的人群诠释着独属于盛京人民直爽大气的性格；不胜枚举的火锅店见证着盛京人民热情好客的性情；中街高档奢华的各式餐点体现着盛京人民卓尔不群的气质。好一个喧嚣的季节！

　　秋天的盛京城更像是一位内敛沉着的学者。每逢九、十月份，辽宁大学银杏节便隆重开幕，来来往往的游客成群结队，络绎不绝，争着要览尽这里的美景。两排银杏树笔直地矗立在辽宁大学道路的两旁，像守卫的士兵，守护着辽宁大学。

黄色的树叶像给大地穿上了新装，铺满整条街道，踩上去，咯吱咯吱，煞是有趣。一阵微风吹来，树上的银杏叶便像小精灵般晃晃悠悠地飘落下来，落在地上，更飘在来往行人的肩头。这是造物主给予我们最伟大的馈赠，更是独属于盛京城的绝美风貌！

冬天的盛京城俨然一位精神矍铄的老人，展示着盛京城独有的古朴与稳重。银装素裹是冬季盛京城的完美写照：漫天飞雪过后，北陵公园的典雅、南湖公园的静美、鲁迅公园的清幽，还有故宫和张氏帅府的敦厚与沉着，都一一呈现在我们眼前。厚重与庄严似乎成为冬季盛京城的专属代名词。

回眸，我心安处，回眸，微笑盛京！

（张培，辽宁大学文学院中国现当代文学专业 2014 级研究生。）

旅行札记：走过汶川

张燕萍

相信所有人都想来一场说走就走的旅行，遇见另一个自己，你有没有那样的经历呢？或者你正在为这样一场有预谋的邂逅而努力，还是你已经实现了这样一场与美好相遇的梦？

我也曾向往来一次心血来潮的出发，可是一直未能实现，庆幸的是，我还有一次说走就走的美好回忆。

现在已经记不清是否真是当时一时冲动，只是因为某天放学后，与朋友在学校为纪念汶川四周年的横幅上签了个名，忘了是谁说了句"我们去汶川玩玩吧？"然后三个朋友回寝室一人拿了个小背包翘了课就出发了。没有百度那里的天气如何，没有查找那里的旅馆，没有查找当地必逛的地点就匆匆出发。

当我们真的踏上开往汶川的大巴车时，我们三个才突然惊觉此次出行的突然。高楼渐渐向后倒退，视线渐渐开阔，路边渐次出现大片广阔的农田，偶然有几间兀然伫立的低矮农房，路边的电线上偶尔可见几只不知名的小鸟站立着，远远看去，那电线好像可以与天边的云连接在一起。慢慢地，农田被耸立的山峰与缓缓流淌的岷江所代替，眼前是静默的树，狭窄的马路，还有期待的心。

在傍晚时分，我们终于抵达一个小小的镇子，小雨淅淅沥沥，路上行人很少，山上烟雾弥漫，让人怀疑是否会有一位世外高人在上面默默守护着这片曾经受过苦难的土地和善良的人们。两边的铺子或开或关，对于行人，店主并不强行推销，只是温和地看着你，有的老人还温和地对我们说："小姑娘，来玩啊，欢迎哟。"

223

我们也并不着急找旅馆，只是在街上闲逛着，随手拍几张照片，已经忘了晚餐吃的什么，随后我们只是随意进入一家旅馆便决定入住，老板娘很热情，也很随和，颇有一切自便之意。

晚上我们随意逛了一下就把这个小镇逛完了，它比我们想象中小，也比我们想象中精致。那还显新的建筑已看不出小镇的历史，行走在其中，会让人忘却它曾经遭受的苦难，甚至忘了行走，只是这路上偶然间路过的人，没携带信封，都带着一段故事，却比这个小镇更显得沉重。

岷江上的吊桥叫作红军桥，为什么取这个名字呢？一般人都会想到灾难发生时人民解放军所给予的帮助，究竟原因为何，终是不知。只记得我们三个在静谧的夜晚仰望天空，俯瞰岷江急流，说朋友那一直暗恋的对象。那些心事，那写满青春的相片，在空中画出绝望的弧线，没入江水之中，无论流向何方，总会重新回到青春的梦里。我们说到了未来，却发现，我们只是用自己所有的努力完成了那时普通的生活，什么也没有，除了生活本身。也说友情，说约定，只是我们曾经说的现在也还没实现……

第二天，我们找了一辆面包车去附近的桃坪羌寨，庆幸的是，我们遇到了一个善良帅气的司机小伙，他话并不多，但也不是一语不发，跟小镇一样内敛。偶然交谈，可以得知他一生的轨迹——拉客、娶妻、生子、养家，跟所有普通人一样的生活。后来我们也有联系，他好像去做生意了。原来，小镇的人都有一颗向往山外世界的心，这是后话，暂且不提。

桃坪羌寨很小，但是小路七拐八绕的，村民不多，或许有的年轻人已经外出讨生活。偶尔在农家门口遇到一个吃饭的老人，他们只温和地看你一眼，便又埋头，仿佛已经习惯了三三两两的外人的到来，没有什么事能在他们眼里激起波澜，只是看着我们几个孩子，走过他们曾经走过的路，好像想给我们一些提醒，又怕道破了天机。

村里有很多樱桃，我也是第一次见到樱桃树，小小的诱惑着行人，害得我们差点当了一回偷窃者。有一条小路上贩卖着当地的特色产品，我们只是随意看看，售卖者也不强求，在你询问时会慢悠悠地答复此物是如何制成，在他们民族里有何深意等，但并不强力推销，好像我们不经意的话语反倒打扰了他们的谈天。值得一提的是，我们的司机哥哥带我们到目的地之后并不回去接着拉客，而是一直远远跟在我们背后，温和地望着我们，提醒我们怎样逛，但并不打扰我们游览。

晚上回到小镇，在锅庄广场跟着跳了一会儿锅庄舞，其实并不会跳，只是想着反正没人认识我们就尽情舞蹈吧。然后我们混入其中，乱舞乱叫，当地的行人也许太忘情，并不会投来奇怪的眼神。

第三天，我们买了一点樱桃、枇杷等水果，还买了小零食，坐在岷江边吹风、闲聊，还跟路过的一个保洁阿姨聊了会儿，她们那个年纪好像总会以一副看穿世事的样子告诫我们：你们还是学生吧，现在的孩子真会享福，你们可要好好读书啊……我们真诚地听着，因为开始懂得这些最朴素的人、最简单的话，道出的永远是最真的词句。

下午，我们去逛了一下汶川博物馆，说实话，我从来都不喜欢博物馆这样的地方，但是很奇怪，在里面逛了一圈，还是会被当地羌族的文物吸引，还是会被里面电视放映的地震时无数的无名英雄、幸存者的事迹给感动哭，我的泪点太低，特别是在这个温柔的小镇。

第四天早上，吃了无意中发现的美味米粉之后，我们踏上回校的路程。我们笑着看一路陪着我们的岷江，开玩笑地说："老公（即岷江），谢谢你的陪伴，我们会再来看你的。"结果，我的朋友们后来真的再次踏上了那片土地，再次与司机大哥相见，而我，只是在回忆里想着那个遥远的小镇。

生命的旅途，千回百转；聚散的人生，喜忧参半。所谓旅行，大都是登高山、赏流水，这些我们期待的旅行中的风景，常常让我们寄予了太多的念想，但它们是静默的、淡然的。这些沉睡的文字，记录着走过的那些路，写的还是再简单不过的事情。我们所看到的，不过是季节的更迭和时间的流逝罢了。

（张燕萍，辽宁大学文学院中国古典文献学专业 2015 级研究生。）

偶拾禅音

——游开元寺

崔 倩

    我一直有拜访开元寺的打算，但直到那天才有机会实现。开元寺，慕名已久。那天并不是个适宜出游的日子，天气阴沉沉的，虽是春末夏初，却生出一分寂寥的秋意。穿过繁华喧嚣的街道，路过那些卖着拨浪鼓、提线木偶和油纸伞的小摊，千年仿若一瞬。恍惚间，好像看到歌舞升平的某个年代，也是这样的日子，也是寂寞的游人，在飘飞的雨中，缓缓走过铺着青石的巷弄，跫音回荡在陌生而又熟悉的路上。

    庙宇是隐藏在坊巷中的，我惊异于这种设计，想着有谁能够发掘这其中的深意呢？神与人其实隔得并不远。寺院幽深，所有的惊叹都隐藏在一片宁静而深邃的暗影中。面如重枣、怒目圆睁的金刚就平静地站在门口，仿佛在审视你的内心。你不得不平心静气，心怀虔诚，似乎任何一种心智的动摇都是对佛的亵渎。

    门后是开阔的场院，中轴线两侧是历代的碑刻。灰白的碑面，朱红的笔迹，记录了这座寺庙经历过的几重磨难，又寄托了多少人的期盼和希冀。小巧的石塔已经在风霜雨雪的摧残中磨蚀，失去原有的面貌，从基座向上长出大片的青苔。岁月在这里是模糊的，还有谁记得呢？曾经，有一些人在这里虔诚地祭拜过，留下证明身份的碑刻，然而几乎所有的蛛丝马迹都被历史的灰烬湮灭。佛无言，只是端庄地盘坐在那里，无喜无悲，无嗔无怒。

寺内游人甚少，毕竟不是适合游乐的时节，繁花皆已凋尽，树叶还未繁茂，亭亭如盖的日子还为时尚早。不是早课时间，僧侣也甚少露面。有人在打扫庭院，偶尔能听到叶片飘落的声音。在闽南，那些有着宽大厚重的绿色叶片的树总喜欢在春暮凋零，让人悲从中来。不是盛夏，亦不是深秋，院子里的波罗蜜还未结出累累的果实。但即使是这样，这里也着实让人心生欢喜。我想扫洒庭除的人，一定非常尽心尽力。那些草木繁茂地生长着，没有被修剪成固定的形状，但绝非疏于照管。这大概也是一种虔诚吧。那些被贡献给佛祖的粉百合与黄百合开得那样鲜艳明媚，连阴沉的天气都似乎被感染得明亮起来。跪拜、稽首、合十，每个动作都仿佛要耗尽一生的精力，即使只是冷眼旁观，也会有一刹那的动容。

两侧的曲廊通向后殿的藏经阁与祖庙。在庙门前短暂地停驻了一下，藏经阁前有棵水杉，繁密的枝条在黯淡的庙宇中是那样鲜活。纵使烽烟飘过，纵使一切成灰，它依旧挺直脊背自在地活着。散养的鸽子在庭前悠闲地觅食，如若有人走近，便在你眼前扑棱棱地飞过，或许还会飘下一根洁白的羽毛。不知名的山雀会在枝头啼鸣。生命在这一刻变得岑寂。不知怎的便想起《药师如来本愿经》中的那句话："愿我来世，得菩提时，身如琉璃，内外明澈，净无瑕秽。"这也许就是心灵深处最真切的追求。

寺庙的东西各有一塔遥遥相对，古朴而大气。虽不是那种极为精细的雕琢，但人物的神情甚为灵动。风铃摇曳，一瞬间好像回到那个"南朝四百八十寺，多少楼台烟雨中"的飘摇的年代。隐约有梵唱响起，干净的檀香气味在雨后潮湿的空气中格外鲜明。

"天地者，万物之逆旅；光阴者，百代之过客。"人生短暂，芳华难留。大多数人所求的也不过是一生平安快乐。其实，无论是以前的人，还是以后的人，都会在心中留下一片净土。

一墙之隔，却是两个世界。墙内空灵岑寂，墙外万千繁华。人也一样，融于大众，又游离其外。忽而想起小时候读过的一首佛偈："一花一世界，一草一天堂，一树一菩提，一土一如来，一方一净土，一笑一尘缘，一念一清净，心是莲花开。"我所求的不过是保持本心，心中长存一抹善念。

走出寺外，已是午间。寂寥的禅意渐渐退去，俗世的热闹和喧嚣扑面而来。一念之间，仿佛悟了些什么。

（崔倩，辽宁大学文学院中国古代文学专业 2015 级研究生。）

紫　薇

刘　洁

草木情怀，我想自己是有的。每到一处，必先寻花觅草一番。草木于我，恰如甜品，给人满足感。

只是不经意间，不知已错过了多少花草树木。

在我初来此地时，你便在风中摇曳，青枝翠叶，紫瓣黄蕊。可是，我却无暇顾及。晚上下班归来时，夜色颇深，我只能隐约瞧得你随风拂动的枝条。每天早上上班前也只是匆匆一瞥，却留在了心上。我甚至不知道你的芳名。你也在渴望着一份晴日里的相识吧！

幸甚至哉，你我不是永远错过。

调休那天，偷得半日闲，我早早起床梳洗，雀跃着奔到你面前，就那样静静地看着你，眼底除了你的灿烂，再无其他。你如一串紫色的梦，深驻我心。也就是那天，我打开了一封电邮，看到那些漂亮的花儿，意外地觅到了你的倩影，同时获知那个只属于你的温暖雅致的名字——紫薇。

嗬，紫薇。一时间，我沉浸在相知的美好中。只顾忙着查看你的资料，搭乘班车时竟被挤在一旁，错过了三班班车而不知，真是又好气又好笑。紫薇啊，可都是因为你。

因为你，古诗词频添佳作。你可知，杜牧因写你，借花自喻，人送雅称"杜紫薇"；你可知，杨万里在诗中冠你以佳名——"百日红"……而我，独爱白乐天的《紫薇花》：

丝纶阁下文书静，
钟鼓楼中刻漏长。
独坐黄昏谁是伴？
紫薇花对紫薇郎。

那样地静然安好，仿若于流年中掺入一股暖香。

古诗中的花此刻正真真切切地映入我眼帘，紫的淡雅绝伦，粉的温馨美好，白的圣洁不俗。听说，紫薇主要有四种：最平常的便是紫粉二色，即常说的紫薇；红如赤焰，名赤薇；纯白或淡茧色，是银薇；最名贵的当数蓝色翠薇。今日，在此地，我虽只见得紫薇、银薇，却也无限欣喜。轻抚它翠绿的叶片、褶皱的花瓣、浑圆的苞蕾……喜悦如同细浪，一层翻过一层，漫涌心海。

又听闻紫薇花年轻时，树身年年生表皮，年年自行脱落。嘿嘿，这点倒和本人的手很相似。不过，紫薇脱落的树皮可做药材，而我的手蜕皮时还要补充维生素。另外，紫薇树年老时，不再年年脱皮，因表皮不再，故人称"无皮树"。猴子曾告诉我，她到公园里摸过一株痒痒树，一摸树身，整棵树发颤。嘿嘿，其实痒痒树就是紫薇。

紫薇确实是一种奇树。虽柔弱，却高大。树高可达七米。这不禁又勾起了闪姑娘那个有关玫瑰树的梦。她希望亲手种植一株玫瑰树，但她不知道世界上有没有玫瑰树。我同她一样相信玫瑰树的存在。很小的时候，读《格林童话》里的《白雪和红玫》，故事中妈妈在窗前的院子里种了两棵高大美丽的玫瑰树，一株白如冰雪，一株红若焰火，所以为两个女儿取名：白雪、红玫。最后姐妹俩都寻到了属于自己的王子。这是个温暖的童话，它让我相信美丽的开花的树的存在。

唷，其实在此之前，我一直以为紫薇是草本花卉，那样才柔软。因为听到紫薇，我便想到琼瑶笔下的柔美才女夏紫薇。不过，木本花卉又如何？紫薇树年老无皮，最是柔软。就是那花枝也生得轻柔。那晚，我在厂区等车，百无聊赖中目光游走，蓦地望见不远处花园一隅的紫薇，清风拂来，枝头的花微微下垂，那花枝竟如藤般柔软。

我想，这一刻的相遇，冥冥之中自有天注定。我想，芸芸众生都是散落人间的云朵，任上天随心剪裁，谁和谁缝和在一起，天上的那位早已了然。

于是，梦想着内外兼修，梦想着玉汝于成，梦想着有朝一日清朗洒脱地立于他面前，仰起脸，看向他的眼睛，说："君雅如竹，我亦不俗。"

紫薇啊，今日你遇到了我，而我又会遇到谁？有一天，我也会化身为一棵开花的树，生长在某个路口，却早已忘记在等着与谁邂逅。最初的憧憬，如烟火，落地为尘，散了一地的冰冷。

"梦入江南烟水路，行尽江南，不与离人遇。"古人的词何尝不是一句谶语？莫说在他乡觅故知，就是在故地寻故知，你几时寻到过？

离了那地，别了那花，人不复啊。

（刘洁，辽宁大学文学院中国古代文学专业 2014 级研究生。）

闲话乡景

周启惠

下雨了，窗外一阵雨点落地的噼啪声，混杂着泥土和草叶的香气，让人昏昏欲睡。这时候的确适合多愁善感，因为对工作和学习都已提不起劲来，最适合发发牢骚，表表真情了。

穿梭于各色花伞之间，让我想起家乡的丛丛野花。你叫不出名字的，也不必在这上面费神。它们嚣张着呢，从东面的堤坝边开始，跟随着太阳一路向西，滚动着进入你的视线。它们的茎长得很细很浅，窝在小草中间，淡得像没有颜色。

我个人还是喜爱那片郁郁葱葱的树林，每次淋雨，它们都会焕然一新。矮一点的是婀娜的柳树，它抽出的枝条是鹅黄色的，与它的身段不太相配，却像极了一个不安分的黄毛小子。在它苏醒之后，其他树也不甘寂寞地换了新的色彩。杨树、榆树，还有其他不知名的树被雨水冲洗得干干净净，粗壮的树干黑漆漆的，比墨还要浓，像是夏天被太阳烤化的柏油马路，仿佛一眨眼，就会有什么液体流下来，粘上来不及逃跑的小昆虫。叶子和树枝是一体的，刚冒头的树叶不是一片一片的，而是打着卷蜷缩在一处，害羞得紧抱着枝条，摇摇晃晃的。婴孩不愿离开母亲的怀抱也是这样吧！俯视是最好的观赏角度了，整片树林层层叠叠的，闪耀着油画一般耀眼的光芒。它们等待着新一轮东升的旭日。

不是一定要有人陪才会在雨天出门的，我更喜欢一个人，带一把伞，去一个只有我的地方，做一个幸福的美梦。我静静地探索新的天地，看那些树上长着硬壳的小生灵忙忙碌碌。地上的人们也忙碌着，他们是为了更好的生活，各有各的可爱。

对人来说，有些昆虫是非常不讨喜的，这是不分地域的共识。它们数目庞大，还极喜欢聚居，门前忙碌着搬运米粒的蚂蚁军团会吓得你缩回迈出的脚，花丛中辛勤采蜜的蜜蜂"工人"给你一种不可亵玩的威严，更不要说菜叶上肥得全靠翻滚的青虫，只会惹得你一阵又一阵的厌恶。即使课本上教过七星瓢虫是少数的好虫，是人类的好朋友，我也没有好好爱护它们。

夏天就要来了，聒噪的虫鸣又会欢乐地响起，讨厌的蚊蝇也会日夜飞着，直到暑热过去。虽然讨厌到想要让它们灭绝，但是我很有自知之明，毕竟蚊子的历史也很漫长，即使百年后没了我，也不会少了这磨人的嗡嗡声。所以成功继承了人类复杂情感的我，也只能对这磨人的小妖精又爱又恨，但是为了争取舒适的睡眠，我还是做好了"战斗"的准备！

天空中的灰黑色渐渐淡去，乌云挪着步子留恋地退场。终于，雨过天晴。在屋子里快要发霉的我终于可以打开窗户，呼吸混着草叶芳香和泥土清新的味道。伸个懒腰，接下来就是静静地等待七种颜色在空中架桥了。这无关那些无趣的物理成因，只是一个美丽的愿望。我想看彩虹，想去寻找故事里所说的彩虹源头的宝藏，这是我不论儿时还是现在都一直相信的事。

仰起头，望向如洗的碧空，它如琥珀一般澄澈透明。阳光穿过云层，洒在池塘里还在吐泡泡的鱼嘴上，洒在叶片下蝴蝶的翅膀上，洒在从泥土里出来呼吸的蚯蚓皮肤上。不久，又会恢复生机，又会响起一刻不停的喧闹声。即使是不喜嘈杂的我也会知趣地待在一旁闭目养神，心里却觉得这调子由这里的虫子唱出来竟好听了许多，不像我们那儿，总是大合唱，乱糟糟的。

细细想来，离家已有一段时日了，心却从未离开过它。家乡的草为我生长在只有一米多高的小土包上；家乡的树为我挺立在两侧的路灯旁；家乡的云彩追过来了，像自由诗人一样，亲自为我吟唱他写的诗句；家乡的蜜蜂飞过来了，不放心似的，和我商讨哪朵花更甜更香……在这儿，一切都是高效的送信员，所有的事物都在向我传递家乡的琐碎和平常。

爱不言说，只在某个时刻想起那段只属于两个人的罗曼蒂克。我与家乡，都是不厌其烦的。借着这里的草木做传话筒，来一场畅快的午后闲谈，互相嫌弃，互相劝勉。总觉得自己也是他的送信员，这也挺好，我最知道他了，你要是想了解，我是很乐意说他那些闲事的。

（周启惠，辽宁大学文学院汉语言文学文学专业 2015 级本科生。）

这里如此之美

李婧妍

当飞机停在地面，眼角还有未干的泪痕，陌生的机场，空旷繁华，夹杂着嘈杂不清的异国语言，面容精致的男男女女穿梭在一尘不染的大理石长廊上，上演着不为我所知的悲欢离合。虽然随处可见中文的指示牌，空气中每一丝属于他国微妙的气息都在挑拨着我内心对于未来迷茫与恐惧的情绪，同时也在提醒着自己，至此已告别熟悉的城市和亲爱的家人，即将开启另一段崭新的旅程。

踏上韩国这一刻的心情仿若昨日，然而在此生活将近一年后，当初的恐惧与迷茫都已消散。虽然每日都在计算与归程所剩的时日，但越临近归期却越不愿与熟悉的好友、可爱的学生告别。因为我知道，丽水这个全罗南道的海边小城，若不是机缘巧合分到此地教学，可能此生也鲜有机会拜访，更别说在此生活如此之长的时间。这一次告别，相聚的时间便是遥遥无期，那些独自生活在他乡的时光像老相片的胶卷，每一帧定格都是这岁月所给予你的温柔的拓印。

一、生活在别处

1.语言篇

或许在一个你并没有掌握其语言的国家生活，你才会感受到母语是如此亲切，如同空气，存在的时候常被忽略，只有在失去的时候才体味到它的珍贵。

在首尔、釜山之类的大城市或许感受不到语言对交流的限制，甚至还会遇到不少中国人以及会汉语的韩国人，至少很多人都是会说英语的，但是在丽水，由于地理位置靠南，虽然风景优美也举办过世博会，但是旅游业、商业相对而言没有很发达，很多人基本只能听懂韩语。初来到这个城市，对于韩语的了解只有培训时所学的简单的课堂用语。在市场挑选食物时，常词不达意，需借助手机中的翻译软件或是肢体语言。市场里的商家大多十分质朴，或许会体谅你身在国外，常多给你拿几个苹果或是土豆。

当然因为诸多不便，前往就近超市购买生活用品是很好的选择。很多名词韩语发音与汉语十分相像，食材也很相像，需要说韩语的时候很少，不过也常常会因为打折多买很多不必要的东西。

加之办公室的老师都很善良，诸如需要网上订火车票之类，也可以麻烦他们帮忙。当然学习韩语必不可少，可以在吃午餐的时候多和老师交流，询问一些简单的表达。由于身在韩国，很多日常用语或是课堂用语都需要在短时间内掌握。日积月累，或具有一定的词汇量，可以尝试参加韩语初级的考试。

2．文化篇

韩国对儒家文化中礼制的部分保留得比较完整，因此，韩国人对于礼节方面也十分注重。在工作场合，遇到任何人都需微笑点头说："您好！"遇到等级地位比较高的甚至需要鞠躬，用更加尊敬的语体问好。最开始，我对于这种问好总有一种妄自菲薄的感觉，慢慢地也体会到被他人尊敬的单纯的快乐。

当然有一个群体，他们可以比较随性，那就是大爷大妈们。在地铁上属于老弱病残的位置时刻为老人们准备着，即使空着也不会有年轻人去坐，所以也不存在给老年人让座的问题。记得有一次在从金海到釜山的轻轨车上，我看到一位老人在下车提示说了好几遍的时候才往门口移动，顺手推到一个正欲下车的年轻女孩。老人在车门关上的前一秒下了车，女孩却因此误了时间没能下车，却也没有怨言。我不禁由衷地佩服韩国人对于老年人的尊敬与忍让，虽然老人的行为是不可取的，但毕竟年老体弱难免考虑欠周，在不涉及原则的问题上，我们也确实应该体谅老人、尊重老人。

对于外表的注重也是我来到韩国之后才切身体会到的。虽然之前鲜少看韩剧，但是韩国男生女生整洁得体的打扮我也早有耳闻。我所遇到的韩国女性，基本没有不化妆的。我所教的小学中，从小孩子们就比较注重外貌，女生都像小公主，男生都像小王子，十分可爱。食堂打饭的阿姨、保洁阿姨也都有相应得体的装扮。或许是自己的形象比较好容易留给他人较好的第一印象吧，同时也会给他人一种可以信赖的感觉。从某种程度来说，这也是一种对他人的尊重吧。自然，我们这些来韩的志愿者老师也受此熏陶，化妆的技能都得到了精进，每个人看上去都美美的。

由于同属于儒家文化圈，中韩两国自古以来便有着密不可分的联系，甚至在历史上，韩国一度用的也是汉语，在博物馆可以看到很多印有汉字的手书、物件。对于历史文物，小到一砖一瓦，大到古民居建筑，基本保存完好。在传统节日与传统文艺方面韩国人也十分重视。传统节日不仅仅只是放假，相关的民俗活动也会相应举行。比较隆重的日子，像是光复日会举行大规模游行。比较传统的节日学校会举行晚会，年纪较小的学生也可以表演传统的简单舞蹈。可见，韩国人对于自己的民族文化是如此热爱与自豪，对每一处与自己民族相关的痕迹都很珍视。

3.心态篇

只身一人去往异国他乡，迎面而来的是独自生存的孤独感。结束了在光州的最后培训，我随着韩国的搭档老师来到自己即将在此度过漫长时光的公寓。上一任汉语老师将这里整理得温馨可爱，陌生感也随着时间渐渐消退。在假日的时候可以和附近的汉语老师游览各地，感受不同地方的风土人情。

在工作的日子里，下班回到住处，消解孤独的方法也有许多，比如可以在做家务的时候放音乐，有一种自带背景音乐的即视感。尤其是自己烹饪的时候，常常会感到自己给自己做饭有些枯燥，没有乐趣，然而听着音乐便会有很大的不同，空气一下子柔和了起来，自己下厨的每个步骤也不再带有急躁的情绪，烹饪出的食物也会更加美味。

一整天除了在讲课的时候说到简单的汉语单词、句子外，其他时候并没有说汉语的机会，这样一天下来也积蓄了很多无处诉说的话语。好在我们与祖国只有一个小时的时差，可以在晚上的时候和家人、朋友视频通话，了解彼此近况，聊聊琐事，心情也会轻松许多。

无论是教学，还是与搭档相处，每当遇到问题的时候不要慌乱，要相信你是可以顺利解决的。很多事情并没有预想的那样难以解决，总是会寻找到办法的，但要耐心地去寻找。那时，我第一堂课教的是三年级的学生，由于没有经验，加上班主任老师比较忙碌，因此，每到与孩子们做游戏时都是一片混乱。后来我想到一个办法，在需要做游戏的环节，可以麻烦搭档老师把游戏规则写到 PPT 上，找几个孩子读一下，他们便会明白如何去做。在纪律方面，韩国的老师一般都会说"拍手三次"，把孩子们的注意力转移到你这里便可以继续进行下一个环节的教学了。

二、很高兴在这里遇见你们

如果不是因为 CPIK 这个项目，我可能一生也不会如此幸运地遇到你们。很多人都说，步入成年之后，再难收获单纯的友情，何况身在异国他乡的匆匆过客呢。一向认为人情淡薄的我也并未对未来持有过高的希望。

出乎意料的是，与我素不相识的前一任汉语老师不厌其烦地在微信里面解答我许多关于在韩国生活的疑问，令我十分安心。来到丽水的第一天，她通过视频给我讲解公寓里写着韩语的家电如何操作，她说十分理解我这天的心情，叫我不要客气，有问题随时可以同她联系。对他人来说的只言片语，于我却是莫大的帮助，尤其是第一天到达此地面对空旷而陌生的房间的时候，那样的空落与孤寂在异国他乡的傍晚气氛中不断扩大，如若没有她的指点我真的会不知所措。依稀记得那一天体会到了陌生人善意的温暖。

第一天去学校报到的时候，我见到了当时教英语的美国老师 Tabitha，她用一个早上的时间为我画了一幅学校附近以及丽水的地图，她说不想让我体会初来乍到的艰辛的感觉。后来我们成为很好的朋友，从来没有感觉到对方丝毫的敷衍。在逛超市的时候，我总是怕耽误时间，看到需要的水果或是蔬菜直接草草放到购物车里，她却说："等一下，你看这个都不新鲜了，换另一个比较好。"可惜到四月份的时候，她离开了丽水去往另一个城市，但却在我过生日那天坐了四个小时的车来丽水与我共进晚餐。因为要照顾家里的小猫小狗，她不得不吃完饭后匆匆返回，到家已是凌晨。能遇到这样的朋友，无论是谁都会知足吧。

我最初参加这个项目的原因只是为了能和大学时候最要好的朋友再次相见，后来我们能成功在韩国相聚也是极为幸运的。可惜她在金海我在丽水，相逢的时间总是很少，可也完成了很多共同的心愿：一同去爱宝乐园坐了无比刺激的过山车，一起照了最接近本人长相的证件照，一起去首尔做了自己喜欢的发型……平时在遇到不开心事情的时候也会互相打电话倾诉心中的苦楚，然后再告诉对方要以此为鉴，振作起来渡过难关。我们像是寻找到世界上另一个自己的好姐妹，希望在不久回国之后还要常常聚首，不要被时间与空间阻隔。

依然记得办公室里和我一同来的体育老师朴焰英，她说："我想和你多说说话，一个人来到国外很孤独吧？所以我一直努力学习英语。"虽然她没有任何帮助我的义务，但却像我的姐姐一样，在我生病的时候，告诉我不要担心，带我去医院，然后请我吃晚餐，餐后又多打包了一份，让我第二天不愿意做饭的时候吃。或许这就是韩国人所说的"情"吧。不求什么回报，只有情义在。

第一次在学校能够流畅地说汉语是遇到桃源小学的金莎娜老师。她的汉语水平真的很高，教学方法也十分生动，我们经常一起讨论教学问题，这对我的教学也颇有进益。在我妈妈来韩国的时候，她带我们去了很多风景优美的地方，讲解了很多韩国的历史，我们常常在交谈中了解彼此的文化。

在这里教汉语一年多，我每天接触最多的就是学生。要离开这里真的舍不得可爱的孩子们。每次去食堂吃饭，一、二年级可爱的小姑娘、小男孩都会飞奔着和我拥抱，同我打招呼："你好！""老师好！"每天见到他们的时候也是我一天中最开心的时刻，搭档老师说："每次一、二年级的小朋友看到你都好像你是个明星一样！"或许这就是我在这里最大的收获吧。印象最深的是一个叫李婀琳的女孩，她是唯一一个每节课后课都来的学生。有一天我得了重感冒，她说："电影电影！老师。"然后比了一个睡觉的姿势，还在黑板上画了一个睡觉的人，指指我又指指黑板。没想到八九岁的孩子能体谅我的难受。她真的很可爱，在第一学期最后一节课后课下课后，她在黑板上画了漫画，用韩语写着："李婀琳喜欢中国语老师！"这是我到韩国看到最暖心的一句话。

独在异乡为异客，你们却让我感受到了最真挚的人情。想感谢的人还有太多太多，能在这里遇到你们是我的荣幸。谢谢亲爱的你们！

三、瀚宇之花盛开的地方

"跨越千山万水的追寻，心中依然充满了力量。就在世界某一个角落，有你和我认真地绽放。"当熟悉的旋律再一次在耳畔响起，每一个身在他乡的汉语志愿者都不免会为之动容。

在祖国的时候，每一天我们都沉浸在汉语的环境里，并未曾警醒这古老的语言是祖先如此洗练而珍贵的馈赠——汉语抑扬顿挫的四声，汉字行云流水的笔画在他国人看来都像是艺术的表达。在韩国的商店经常会看到一些写着汉字的本土品牌，金莎娜老师说，韩国的牌子如果写上汉字，则是为彰显其高端的品质。许多韩国老师也喜欢在闲暇的时候用毛笔书写汉字，他们表示虽然汉字比较难写，但真的是很美丽的文字。

很多孩子都非常喜欢中国的文化，有一个四年级的小姑娘曾经说过，她最大的梦想就是去摸摸熊猫。最近去他们班上课，她找到我说，今年年末会去中国旅行，真的太幸运了！可见孩子们对中国都充满了期待。小学的孩子们最喜欢的就是《长江七号》了，在课间休息的时候，他们百看不厌。那个我读初中时上映的早已湮没在历史中的电影，在韩国的孩子们中一直散发着经久不息的魅力。

韩国的老师也抱着兼容并包的心态对待汉语。桃源小学的晚会还有很多汉语表演。其中一个老师拜托我写了歌词，将其融入朝鲜半岛最具代表性的民歌《阿里郎》中，教即将去中国交流的学生们唱。在高亢而幽婉的歌声中，我仿佛听到了两种不同的文化在呢喃低语。

一年时间将近，个中欢喜、心酸在脑海中不断倒带。在最陡峭的山崖之巅遇到了清晨第一缕绝美的霞光，或许对他人来说不过是往常的清早，但对于我这个攀爬至山顶的人而言，那些一路上的磕碰、跌倒或是偶遇山谷间不为常人所见的艳丽花朵时的惊异，都在遇到最美风景的那一刻演化成对世界绮丽之叹服，原来这里如此之美。

（李婧妍，辽宁大学文学院中国现当代文学专业 2017 级博士。）

第六章

追古叹今

结 爱

刘 洁

记得张晓风在一篇文章里说，她曾见到过一种以前从未见过的花，十字花科，纯白色，名叫"流苏"。这名字已是极美了，但她想，若叫她为此花取名，她会叫它"诗经"。因为此花四瓣，《诗经》又多是四言。诗经，诗经……以此为名，是一种怎样的美丽？

《诗经》里的许多诗篇像它本身一样美。有一天，我无意中读到其中一篇——《缁衣》时，整个人都安静下来了，一颗心仿佛登临了一方从未到过的天地。

这首诗极简单朴素，讲的是一位妻子为她的夫君缝衣这样一件再平凡不过的小事。虽是小事，我们却可以从字里行间读到女主人公的一片深情：丈夫去馆舍办事了，妻子在家中为他做饭。细密的针脚里满是爱，这样细致而绵长，丈夫如何感觉不到？

人称"贺鬼头"的北宋词人贺铸，貌丑而才高，他在那首传世悼亡词《鹧鸪天》里挥泪写下"空床卧听南窗雨，谁复挑灯夜补衣"的句子，可谓字字含泪，声声泣血。他懂得，妻子缝补的不是衣裳，而是爱；他失去的也不是一个为他缝补衣裳的人，而是深爱着他的妻子。我想，贺铸的妻子赵氏总归是幸运的，因为夫君贺铸懂得并珍视她的这份爱。

女子多是如赵氏这般痴情，将满腔爱意渗透在日常生活的点点滴滴中，哪怕只是缝补一件衣衫这样的小事。她们执拗地以为，结发就可以共白头。就像唐朝诗人孟郊写的那首《结爱》，情意绵绵，道尽天下女人的心事。

> 心心复心心，结爱务在深。
>
> 一度欲离别，千回结衣襟。
>
> 结妾独守志，结君早归意。
>
> 始知结衣裳，不如结心肠。
>
> 坐结行亦结，结尽百年月。

女子的爱就是这样，一点也不浮夸，看得见，摸得着，看似无处不在，却又有迹可寻。我的祖母、母亲、妹妹都是这样的人，以她们特有的方式爱着各自的良人。

祖母年纪大了，仍坚持自己做饭。每餐两菜一汤，足够她和祖父二人享用了。一次，我见祖母在做炒黄豆芽的准备工作，以为只是简单的淘洗，没想到祖母却坐在小马扎上，将盛黄豆芽的淘菜盆放在膝上，一根一根极认真地择了起来。只见她小心翼翼地掰掉豆芽腿，将其和黄豆瓣分别盛在两个盆里。我十分讶异，问了祖母才知道，原来祖父牙口不好，稍有些嚼头的东西都不能吃，就像这豆芽菜，他只能吃豆芽腿，豆芽瓣是万万吃不了的。所以，每次炒豆芽菜之前，祖母总会上演这烦琐的一幕。可她并不厌烦，神态专注而安详，仿佛在做一件再平常不过的事。她的满头白发、满脸皱纹在这一刻也没有那么刺眼了，柔柔地笼上了一层星星般的光辉。

母亲为父亲做的事更是数不胜数。父亲爱吃夜宵，母亲便常常在半夜起来为他张罗；父亲喜食不带皮的苹果，母亲便每每为他洗净削好；父亲喜欢喝甜的凉水，母亲便为他自制冰糖水（烧好开水，加白糖，凉了以后放冰箱里）……我常常感到惊叹，因为母亲为父亲做的这些事不是一朝一夕，不是一天两天，而是天天如此。在我心中，母亲就是贤妻的典型。晚上，父亲回来得再晚，母亲也会为他留晚餐。记得有一次，我半夜醒来，听见厨房里父母相对应答的絮絮低语，还有母亲为父亲热饭菜的窸窣声响，忽然明白了何谓幸福：也许幸福就是你回家再晚，总有那样一个人愿意在灯下等你。母亲说，父亲是她的初恋，也是一生的伴侣。说这话时的母亲让人丝毫看不出她的农妇身份，周身散发出璀璨的圣母之光，虔诚而圣洁。

初为人妇的妹妹也越来越温婉体贴。早晨，她会在妹夫醒来之前，把今天妹夫要穿的衣裤叠好放在床头柜上；傍晚，妹夫下班回家的时候，她能分辨出他的足音，恰恰赶在他到门口的时候打开门；嫁人之前只会煮泡面的她，为了他"洗手作羹汤"，煎炸煮炖不在话下，鲫鱼汤更是做得鲜香四溢……妹妹说，妹夫对我们家人好，对她好，她要好好爱他。如今，这对小夫妻即将迎来自己的小宝贝了——妹妹已有七个月身孕。今天，我为她这个准妈妈发去节日祝福。她羞涩地笑了，说这是属于她人生中的第一个母亲节。虽然妹妹因为孕育新生命全身浮肿，面色也黯淡无光，但我觉得这是她从小到大最美丽的时候，就像一颗夜明珠，黑夜也无法夺其光芒。

我明白了，爱最是伟大，也最是平凡。因为爱就在柴米油盐里，在举手投足间，在朝夕相处中。孟郊除了那首《结爱》，流传更广的是他的《游子吟》。同样是缝补衣服的女子，只是这女子不再是妻子，她拥有天下最动听的名字——母亲！祖母一生养育了三子二女，母亲养育了我和妹妹，妹妹也即将迎来她生命中的小天使。由为人妻到为人母，女子完成了人生中最美丽的蜕变。

母亲是从妻子转变而来的。祝天下所有的母亲和即将做母亲的准妈妈们节日快乐！

（刘洁，辽宁大学文学院中国古代文学专业 2014 级研究生。）

梨 花 白

胡加利

我现在终于明白仓央嘉措的话了："第一最好不相见，如此便可不相恋。"如果没有开始，那么，就没有结局吧。又如纳兰性德所说："人生若只如初见，何事秋风悲画扇。"你仍做你的翩翩少年，我还是我，如此两不相误。

遇到你，便是我今生的劫。

"忽如一夜春风来，千树万树梨花开。"花十分洁白，香气四溢。这棵梨树还是你亲手栽下的。那日，我推窗轻嗅，满心欢喜。你翩然而至，我知道不可以盯着人家看，却还是迎上你的目光。

"你种的？"

"我种的。"

"为谁而种？"

"为你而种。"

我倒宁愿自己没有问过那两句话，没了承诺，倒也不必坚守。

那日夜晚，月如水，梨花在月夜下开得如此孤艳，香气醉人，我夺窗而出。躺在地上，看花瓣飞舞，沾满了衣襟。

"花开多久？"

"花开一世。"

我知道，你爱上我了。不用猜测，你一直都在。

"一树梨花一溪月，不知今夜属何人。"思君令人老。你走后，我老了。我依然倚窗而望，临栏而嗅，望君归程，嗅梨花香。我捡起窗边的花瓣，模仿你的样子，轻嗅，放入杯中，添水，花瓣轻舞上浮，我喝下，却怎么多了一丝苦涩？

在爱情面前，我不顾一切，似飞蛾扑火，礼教，宗法，却偏偏抵不过你的一句朝朝暮暮。"花开一世"，四个字，如今想来却是字字如刀，刀刀见血。

夏至未至，你离开了，你说："你看梨花都落了。"我知道，你是真的要离开了。离去的时间是一生一世，归程是绵绵无期，距离是海角天涯。如此之后，我们是山水不相逢了。

"淮阳多病偶求欢，客袖侵霜与烛盘。砌下梨花一堆雪，明年谁此凭阑干？"我一个人凭栏而望。

我依旧望着那棵梨树，可叹它不会说话。梨花开了又落，辗转流年。

你结婚了，要与别人朝朝暮暮了。你看，人与人永远不可能平等，连你也是懦弱的。我们终究逃不掉红尘万丈，你寻你的富贵，我守我的梨花。

"皑如山上雪，皎若云间月。君闻有两意，故来相决绝。今日斗酒会，明旦沟水头。躞蹀御沟上，沟水东西流。凄凄复凄凄，嫁娶不须啼。愿得一心人，白头不相离。竹竿何袅袅，鱼尾何簁簁！男儿重意气，何用钱刀为！"

卓文君一曲《白头吟》唤回了司马相如，那么我用一朵梨花能不能唤回你呢？

一无所有并不可怕，可怕的是得到后再失去。我如果没有了梨花，平平淡淡依然快乐。你为我种下的梨花，却留给我一池萍碎。

我将暮春时节的落花埋在了树下，一如我们的爱情。

梨花泛白，我等你归来。

那时陌上花开，可缓缓归矣。

"风中树，雨中树，树下梨花蹁跹舞，赢得几分妩。天上路，地上路，路旁芬芳不知处，佳人采花护。"

（胡加利，辽宁大学文学院中国古代文学专业 2015 级研究生。）

书 生 梦

杨一凡

默默去追寻，千年前一个书生的梦。

"万般皆下品，唯有读书高"，我背负着家族的命运和期望，毅然走上了读书这条艰难的道路。三更灯火，五更鸡鸣，我坐在小小的书桌前，做着一个大大的梦。日升月落，春去秋来，我日复一日地为了这个大大的梦耕耘着、奋斗着。时光荏苒，曾经的垂髫小儿已然成长为一副文人骚客、风流才子的模样，从四书五经到历代史传，从诸子百家到各家别集，我都如数家珍。我可以与三五好友饮酒和诗，也偶尔给达官显贵为文作赋，或者，为一个用琵琶拨动了我心弦的女子，填词一首，倾诉相思。

但终究，我还是在等，那春风得意、长安百花为我盛开之时。

新科状元，天子门生，这是对一个书生最终极的褒奖和肯定。但这并不意味着结束，而是一个新的开始。忠于君，爱于民，律于己，我以一个"开济老臣"的怀抱，把天下苍生扛在肩上，把君王社稷摆在眼前，把自己投入这火一般的功业里，燃烧殆尽，至死方休。这就是一个书生最初的情结。

做"太平宰相"固然是好，但总有奸佞宵小之辈极尽谄媚诽谤之能事。假若宫廷容不下我，我愿意提枪上马，奔赴边疆。

横槊赋诗，愿为武功文臣。谁说"百无一用是书生"？谁又说书生"满口仁义道德"而"手无缚鸡之力"？我愿与三军将士一起，举一杯浊酒敬家乡父老，听一曲乡音念远方亲人，食同灶，寝同床，同甘共苦，克复神州。荒漠上的飞沙掩埋不了连天的战鼓，将士们的鲜血洒满大地，只为守卫边疆。

待到凯旋之时，能把每一个儿子还给他们的父母，把每一位丈夫还给他们的妻子，这成了我苦苦的奢望。

告老还乡，方知人生百味。筑一间书斋，种一园花草，取一瓢清水，煮一杯香茗，取一套笔墨，写自己一生。我想起曾经的年少轻狂，红袖添香，嘴角微微上扬。我记得当年的指点江山，位尊权重，眼底划过一丝流光。最难以忘怀的，是那些峥嵘岁月里，追随过我的将士和那杆苍老却依旧锋利的银枪。

会有人记住我的一生，一个书生的一生。

泛黄又脆弱的书页向手指诉说着历史的沧桑，古色古香的书桌上放着宣纸、古墨，我化作一介书生，做了一个书生梦。

（杨一凡，辽宁大学文学院中国古代文学专业 2014 级研究生。）